それぞれの新渡戸稲造

青山淳平

本の泉社

それぞれの新渡戸稲造——目次

《目次》

装丁・石間　淳

それぞれの新渡戸稲造

青山淳平

札幌遠友夜学校

玄関でスニーカーの紐を結ぶと、麻衣子は傍のショルダーバックを開けてなかをのぞいた。昨夜、寝る前に入れた吉増剛造の詩集『熱風』と筆記用具を目で確かめる。うなずいて立ち上がりバックを手にした。それからシューズボックスの上に置いた絵馬へ顔を向けて、行ってきます、と小さく声をかけた。

絵馬は、お盆の休暇で久しぶりに札幌へ帰省したときに、実家の近くの菩提寺で買ったものである。絵柄は白馬だけで他に何もなく、寂しいほどさっぱりしていた。売り場の隅に残ったその絵馬がなぜか気になり、奉納もせずに東京まで持ち帰った。手鏡代わりに額スタンドに立ててから二年余りがたち、いまはまるで狛犬のように玄関に鎮座している。

マンションの三階にある部屋から、麻衣子は外階段を使って路地へ出た。左右には住宅とアパートがびっしり建ち並んでいる。ふだんは出版社がある都心へ通うため、足早に路地をぬけて西武池袋線の新桜台駅へ向かっているが、休日のこの日、彼女は反対の方角へ路地を曲がり、大通りへ出ると視線を上げた。

歩道の桜の並木が紅葉し始め、晩秋らしい青空が広がっている。いつもとちがう一日にほのかな期待を抱きながら、麻衣子は読書会がある練馬区江古田の公民館を目指して歩を速めた。

月ごとの第一日曜日に本好きの人たちが集まって、読書会をしていることは知っていたが、参加するのは初めてである。先日、公民館が催す教養講座の案内が路地の掲示板に貼ってあった。何気なく目をとめると、十一月の読書会は、「吉増剛造の詩集『熱風』を語る」となっていた。胸をつかれ、出かけてみることにしたのだった。

会場は二階の一室だった。

入口の長机に大学ノートがあり、住所と氏名を書くようになっていた。始まるのにまだしばらく時間があったが、ノートにはすでに名前が何名も記されている。みんな江古田の町内の住民である。指で数え、麻衣子は上から八人目の杉本民子と書き込まれた下の行に、番地とマンション名、その横に鈴木麻衣子と名前を記し、顔を上げた。

室内へ目を走らせて、空いている席を探す。ぱらぱらと座っているのは高齢者ばかりで、長机を一人で占有して背を丸め、じっと動かない。中ほどの席に、丸首で地味なセーターを着た老女が、机に本を広げて一心に読んでいた。麻衣子は白板を背にして座っている講師へ一礼すると、老女の後ろの席へ静かに移動した。それから何人か参加者が入って来て読書会が始まった。

講師はテーマに応じて交代している。今回は日本現代詩人会の会員で、区内に拠点をおく同人文芸誌の主宰者だった。自己紹介の後、戦後からの現代詩の流れをながながと話して休憩になった。手洗いから帰ってきた老女が、椅子に腰を落とすと麻衣子の方へ上体をひねり、

「あんた、舞い降りた鶴みたいじゃが、詩人さんかね」

とぶしつけにきいた。

「いいえ、詩人だなんて、そんな、とんでもありません」

「ほう、そうかね、こんな老人クラブみたいなところに顔をだして、何が楽しいのじゃろ。若い人が行くとこは他にいっぱいあろうがね」

と皺深い顔がぐっと迫り、憎まれ口をたたいた。

「あたし、吉増剛造の詩が好きなので、どんなお話しがあるか、楽しみにして来ました」

麻衣子は『熱風』へ手を伸ばし、詩集を広げた。

赤鉛筆で傍線を引き、余白に付箋を貼った頁が現われた。

そとから、電話を、入れます。ここが、故郷で、ある。そこに、横断歩道が、あり、月
そこに、謎も、浮上し、ます。

の箇所に一重の傍線と横に黄色の細い付箋、つづく、

都市の一室にいて、じっとラジオに耳を澄ましているほうがよい。わたしは、磁場なのだから、わたしは空耳をたてる、現実の、一角に――。

の二行の詩文には二重の傍線があり、ローズピンクの付箋がぺたぺたと貼り付けてある。その紙面へ粘っこい視線を注いでいた老女は、素早く正面を向き、自分が持参した同じ詩集を開くと、麻衣子の方へ向き直り、

「こりゃ、驚いた。同じところに線がある」

とまるで啖呵でも切るように云い、詩文を指で示した。

それは、〈都市の一室にいて、じっとラジオに耳を澄ましているほうがよい。〉というフレーズだった。

もう済んだことだが、結婚を意識していた相手との破局を迎えたとき、麻衣子をとらえた詩文である。

枯れた小枝のような指がその詩文をぐいぐいなぞり、

「わたしゃねぇ、テレビは見ない。いつもラジオだね」

と老女は、同意を求めるかのように言葉をたした。

「ご家族は?」

「つまらんこときくね、一人暮らしに決まっているじゃないか」

「あっ、すみません、気が利かなくて」

麻衣子は即座にわび、そっと自分の詩集を閉じた。

「なんもあんた、謝ることなんかないよ。それよりも今日の講師はしょうもない話ばかりする人だね」

と聞こえよがしに云う。

まわりの受講者がこちらへ顔を向けている。麻衣子は身を固くした。聞こえたのか、講師が咳払いをした。

老女は声をひそめた。

「なあ、あんた、詩の理屈や講釈なんか聴きたくはないわな。詩集の読書会ちゅうなら、詩人の魂を話してくれんとつまらん」

返事をしかねていると、老女はまだ何か云いたげに、〈じっとラジオに耳を澄ましている〉というフレーズを指でなぞっていた。そして麻衣子のこわばった表情を見て、やおら背を向けた。

講師の後半の話は、吉増剛造の経歴についてと、詩集『熱風』が出版されるいきさつのことだった。『熱風』には、現代詩の先端を烈しくつっぱしるこの詩人が文学雑誌に発表した一千行の三部作の詩、「揺籃」、「絵馬」、「熱風」が収載されている。これらの詩を書いていたころ、詩人は恐山に通って、イタコの語りを数多く録音し、宿で仲居から方言の意味をききだすとテキスト化していた。詩人はこの作業のなかで演劇化されていない芸術の息吹を感得し、イタコたちが作っていた縄と貝殻の楽器、その物音、そしてイタコを包む霊験を取り入れようとする。目指すところは月並みな詩と言葉の解体だった。音声で表現できない記号を詩文の中へ無作為かつ感覚的に挿入することで、詩人は芸術をこえた異界と現世をつなぐツールを手に入れたのである——。

話はおよそこのようなことだった。麻衣子には難解でよくわからない。前に座った老女はどうかというと、背筋をピンと伸ばし、熱心にメモをとりながら聴いていた。

いったい、この女性《ひと》は何者だろう、といかにも人間臭い言動に好奇心を刺激され、麻衣子は瘦《や》せたうしろ姿を観察していた。

会が終ると、老女がお茶に誘った。ケーキが美味しい店がある、と有無を言わさない様子である。小柄な彼女の後について公民館を出た。大学のある通りを歩きながら、彼女は杉本民子だと名乗り、下の子はいらないから、「民さん」と呼んでくれ、と云った。

それで名刺を差し出すと、立ちどまってじっと目を落とし、

「鈴木さんか、東京ではありふれた名前じゃね。都会で生まれ育ち出版社の編集者、なかなかしゃれたもんだ」

と麻衣子の顔をしげしげと見た。

「あのー、あたし、札幌です。大学を出て東京へ来ました」

「ほう、そうかい、あんた札幌か——。」

何か云いかけて、老女はぎゅっと口を結び、すたすた歩き出した。

店は近くだった。大学の芸術学部の学生がたむろする店だが、若い子にまじって、隅で本を読んでいると気が晴れる、と申し訳をしながら店内へ入り、いつも自分が座る席へ麻衣子を案内した。

ふたりはそれぞれ別にコーヒーとショートケーキを注文した。老女は打ちとけた表情になり、オーク色のトートバックからメモ用紙を一枚取り出すと、楷書で氏名を書き、住所を付け足して麻衣子へ渡した。

住所は同じ栄町だった。

「あのー、」

ためらっていると、「民さん」でいいんだよ、と老女がうながした。

「杉本、民さん、同じ栄町ですね、それもすぐ近く」

「近くいうたって、あたしゃのアパートは町のはずれだよ、区の立派な斎場の隣りさ。見た目は御殿じゃが、中身は南無阿弥陀仏。夜、布団に入って目をつむると念仏が聞こえてくる」

「まあ、本当ですか、念仏だなんて——」

「本当だとも、ほろほろと泣いている声もする」

「それ、眠るどころではありませんね」

「なに、子守歌替わりさ、ぐっすりだよ」

「そうか。民さんは磁場になって、空耳を立てている」

麻衣子は会話の意図を察し、詩文の言葉を引用してみせた。

すると、民は感に入ったような表情になり、

「あんた、若いのに分かるねぇ。空耳のところに傍線を引いて、付箋まで貼り付けていたけど、なるほど、やっぱし詩人だね」

と、詩集に線を引いたフレーズを例にあげて、褒めた。

麻衣子は首を横にふると、率直に伝えた。

「詩の表現は好きです。でも言葉だけで、本当のことは知りません」

「そうかね、でもあんたが勤めている出版社、戦記を専門に出しているとこだろ。戦争は人間を裸にするから、優れた戦記は事実をつらねた叙事詩だよ。事実を知らないと編集なんかできはしない。そうだろ」

と民は鋭く遠慮のない物言いで、ベテランの編集者が新人を諭すようなことを云った。一風変わった老女だからと、好奇心にかられてお茶に付き合ったが、相手は単なる読書好きだけではなさそうである。麻衣子は民からいったん目を外し、座りなおした。店の奥の席は、静かでジャズの音色が室内を彩っている。

ガダルカナル島の戦い、インパール作戦、戦争裁判、沖縄特攻など重い内容の本の出版に

携わっているが、だからといって戦争や人間のことを特別深く考えていることはない。戦記の作品は娯楽とは対極にあるので、事実だけを見つめているとしんどい気分にかられることが多い。いっぽう詩は麻衣子にとって感じるものであり、事実や現実から離れた虚構や想念の群れである。だから詩は心を癒《いや》してくれる。ただ、それ以上のものを求めてはいなかった。

考えを整理し、当たりさわりなく応えた。

「言葉の仕事をしていますけど、体験にはかないません。知識と真実は別物ですから、知ればば知るほど遠ざかる気がします」

民はひどく真剣なまなざしになり、麻衣子の化粧気のない顔を凝視した。それからふっと肩で息を吐いた。

「あんた、誠実だねぇ、気に入ったよ」

民はコーヒーに角砂糖をいれてぐるぐるかき回した。麻衣子にケーキを食べるように云い、自らもフォークで切り分け、かたまりを口にいれて目を細めた。

初対面の緊張がとれ、温かな気分がケーキの甘味に誘われてふくらんでくる。民がコーヒーを飲み干すのを待って、きいた。

「ラジオで、どんな番組、聴いていますか」

「これというものはありゃせん。でもちゃんと正座して聞くのは気象通報だよ」

「気象通報？　各地の天気のことですよね」

「天気の他にも海の船舶からの報告、漁業気象、海上保安庁からのお知らせもある」

「ラジオの前に正座して、毎日ですか？」

「この年寄りには、他にやることがないからね」

目を室内に泳がせ、民さんは自嘲気味に応えた。

「すると、つまり、民さんの趣味は天気図を作ることか」

麻衣子は勝手に納得した。中学生のころ、授業で天気図を書いたことがある。慣れないと上手くできない。

民はしらっとした顔になり、

「そんな面倒なことするもんかね、じっと聴いている。ただそれだけだよ。こうして目をつむり、少しうつむき加減にして頭を空っぽにする。ボケ防止だね」

民は話しながらポーズをつくってみせる。

それを見て、イタコを思い浮かべながら、

「邪念を払って、耳をすますのだ」

と麻衣子が調子を合わせると、民は目を開けて語りだした。

「気象通報を聴くと、昔は渡り鳥になった。でも若いとダメだね。やたら羽ばたくばかりで生臭い。年取るとありがたいもので、今は風だよ。空の風になって下界を見つめている」

「空の風ですか」

麻衣子は風に乗る飛行船を想像した。

民は観測地点をそらんじ始めた。石垣島、那覇、南大東島、名瀬、鹿児島と順々に日本列島を北上して稚内に到達し、ロシアから韓国、台湾、中国、そしてフィリピンの都市をめぐり、太平洋へ出ると、父島、南鳥島を経て富士山で終わった。

「まあ、すごい。全部覚えている」

目を丸くして驚いていると、民は補足した。

「風向き、風力、天気、気圧、温度をつけると詩の朗読になるね」

「そうか、なるほど、気象通報って自然のポエムなのだ」

麻衣子はひとしきり感心し、いつから聴いているのか、とたずねた。

「それはあんた、もう遠い昔からだよ」

「昔って、いつ?」

「気象通報が始まった、昭和三年の秋だね」

麻衣子は西暦になおして、とっさに計算した。

「昭和三年は千九百二十八年、今年は九十三年だから六十五年も前ですよ。よく憶えていますね」

「そりゃ、忘れるもんか。理科の先生がラジオで気象通報が始まったから聴きにおいでというので、休みの日にみんなで教員宿舎へ遊びに行って聴いた。どういうもんかね、ひどく感

旧校舎（北海道大学大学文書館提供）

動した」

「それって、民さんの女学生時代の大事な思い出ですね」

「女学生なんかじゃないよ、昼間は仕事をしていたからね、夜学校へ通っていたんだよ」

「夜学校ですか」

「うむ、この夜学校ちゅうのはね、だれでも自由に入れたんだよ。年齢もばらばら、男も女も一緒の教室で勉強し、月謝はないし教科書だってくれるんだ。でも先生はみんな学生さんだからね、正式な学校ではなかった」

「それ、昔の青年学級や今の夜間中学のようなところですか」

麻衣子がたしかめると、民は険のある顔になり、

「そんなもんじゃない。貧民街にあった学校だよ。でも本当の学校だ。あんなに楽しい学校は世界でも一つしかないね」

と声を強めた。そして例えがよほど気に入らなかったのか、顔をそむけてグラスの水を一

息に飲んだ。

思いがけない方へ話が広がり、麻衣子は少し困惑した。

切り上げるきっかけをはかっていると、民は妙に優しい声で、「あんた、ひょっとして北大生かね」ときいた。「はい、文学部でした」と応えると、自分も北海道の出身なのだ、と明かしてまなざしをゆるめた。

上体を近づけ、親しそうに云った。

「あんた、昔、札幌に夜学校があったが、知らないかい？」

「たしか、それ、豊平川の側ですよね」

「そうだよ、豊平橋から西へ下りたところ、地番は札幌市南四条東四丁目。寺の横にね、おんぼろ校舎があった」

と懐かしんだ。

「その夜学校って、札幌遠友夜学校ですね」

「そう、その通り、遠友だよ、友、遠方より来たるの遠友、札幌農学校の新渡戸稲造先生がお創りになった夜学校だ」

「たしか、創設は明治二十七年でした。昭和八年に新渡戸博士が亡くなられた後も存続していたけど、学校が軍事教練を拒否しつづけていたこともあって、終戦の前の年の昭和十九年、とうとう閉校に追い込まれてしまった。そんなことを憶えています」

記憶をたどりながら麻衣子が話すと、民は喜々として、

「それだけ知っていたら上等だよ、本物の北大生だ。あたしゃ、遠友で北大生に教わったんだよ。それは楽しかったねぇ。仕事を終えると、みんな小走りに学校へ通った。先生だって大学から駆けつけてくれた。廊下にならんではずむ息を整え、先生も生徒も校歌を大声で歌ってから授業を始めた。寝ている子なんていなかったね。勉強することが楽しくて、先生だって一生懸命に教えてくれた」

と一息に語った。

「学生はボランティアだったと聞いています」

「そうさ、教える方も学ぶ方も純粋で、燃えて熱かったね」

「あたし、学生のとき、遠友夜学校の跡地を訪ねたことがあります」

と麻衣子が話をひろげると、

「ふーん、跡地ね」

と民は興味がなさそうである。

「跡地には札幌市の勤労青少年ホームがあって、あたしが訪ねたときには、なかに遠友夜学校記念室がありました。夜学校の生徒会誌や学籍簿なんかがたくさん、ガラスケースに陳列されていました。民さんの遠友のころの思い出もきっとケースのなかにありますよ。青少年ホーム、訪ねたことありますか」

と麻衣子が引き立てるように話すと、

「食べるのに精いっぱいだから、そんなヒマなかった」

と、民はぶっきらぼうに応えた。

「ホームの庭に立派な顕彰碑があります。新渡戸博士ご夫妻のお顔の彫刻のある額を青年が抱え持つブロンズ像です。遠友夜学校の精神を若者が受け継いでいることを表現しているそうです」

「遠友の精神かね、耳にするだけで、胸を焦がされるね」

と民は遠いまなざしになった。

「札幌へは、いつお帰りになりました？」

「帰ったことなんかないね」

「一度も？」

「昭和十三年に連れ合いが戦死して、遺骨を収めに帰ったことがあった。それっきりだね。戦後も帰っていない。夜学校もなくなったから、どこにも帰るところがないんだよ」

民はさっぱりと言い放ち、立ち上がった。

店を出て、斎場がある通りの角で二人は別れた。

「また、会いたいね」

と民は云い、麻衣子は笑顔を返していた。

この日の深夜、民は夢を見ていた。

母と馬そりで帯広へ出かけた五歳の春のことである。

日高おろしのからっ風もやみ、空は蒼く澄んでいた。晴れ上がった空を仰ぎ、母は帯広の叔母の家へ、一歳の誕生日を迎えた妹を見せに行くことにした。おらも行きたい、と民子はせがんだが、あかん、家におれ、と突き放された。駄々をこねていると、見かねた祖母が、つんだってやれ、と母に頼んでくれた。

シャンシャン、シャンシャンシャンシャンと鈴の音が響いている。

民子の前には、馬そりの手綱を引く母の背中がある。その傍らで毛布にくるまわれた妹が眠っている。馬そりは雪原の一本道を、鈴の音を響かせながら走っていく。音更《おとふけ》と帯広を隔てる十勝川の長い木橋を渡り切ると、馬そりは駅前の広場から商店が軒を接する通りへと入って行った。

民子の祖父が家族を連れ、富山県の砺波《となみ》の寒村から十勝平野の音更に入植したのは明治三十年代の初めである。北海道へ渡れば、土地がただで貰え、税金も徴兵もない、という噂話に誘われた団体移住だった。道路や鉄道の開通、化学肥料の施用、さらに日露戦争後、帯広に種馬場ができて農耕の畜力が増強し、十勝は大豆の一大生産地へと発展していく。祖父が拓いた農地を受け継いだ父は、豆類の他に馬鈴薯の作付けを拡大し、第一次大戦に伴う大豆の暴騰で大金を手にした。父の妹は帯広の穀物商人のところへ嫁いでいた。そこも豆成金と揶揄《やゆ》されるほど威勢が良かった。

叔母の家につくと、母は民子を追い払い、外で従妹たちと遊ぶように言いつけた。しばらくして外から家にもどると、居間で大人たちのにぎやかな話声がした。この子はべっぴんさんや、かしこそうやな、ほんとちゃのぉ、とみんなは口々に妹を褒め、どっと笑い声がおこる。民子はさっと襖を開けた。母と叔母夫婦、その祖父母が驚いた顔をこちらへ向けた。母はかばうように妹を胸もとに抱き、あっちに行っとれと民子を睨んだ。ええがちゃ、おったら、と叔母は云い、他の大人も笑顔をつくり、民ちゃんもおいで、と手で誘う。民子は叔母の側へ走り寄り膝の上に乗った。母はすっかりしらけた表情になり、すぐに引き上げることになった。

馬そりを店の前につけ、帰り支度をしながら、母は見送りに出た叔母にいまいましそうに言い募った。

「本当はこんなもん、連れてきたくなかったちゃ。わぁわぁ泣くので、母さんが連れて行けっていうもんやから。こんなもん、そりから落っこちて、死んでくれたらええちゃ」

「そげいなこと――。」

と叔母は絶句した。

民子はそりから飛び降り、叔母の手をつかんでわっと泣きだした。

この日から二ヵ月ばかり、民子は叔母の家で暮らした。母がなぜ、自分をことさら冷遇するのかわからなかった。五月になって、父が馬車を仕立てて民子を迎えに来た。馬ふん風が街中を蔽《おお》い、平原をふきぬけていた。目もあけておれないほどである。音更の家に着くまで、民子は父の背にじっと顔を押しあてていた。

この辛い思い出は、民が齢八十をこえた今でも、ふっと蘇ることがある。それも夢の中が多く、いつもは墨絵のような情景を伴う物語の断片になっている。ところが昼間、何か変わったことがあると、断片はつながって小さな物語となる。なじみの書店で詩集『熱風』に出合い、読みふけった日はそうだった。そして今日、読書会で知り合ったばかりの若い娘に、長い間話すことがなかった夜学校のことを聞いてもらった。その興奮が、枯れ切った身体の奥の埋火《うずみび》を燃やしたのだろうか。民は床からぬけ出てガウンに身をくるむと食堂へ行き、お湯を沸かした。

番茶を呑んでいると、救急車のサイレンが斎場のほうから湧き上がり、夜の静寂をこわしてアパートの前を過ぎて行った。壁の時計は深夜の二時を指している。針を見つめながら、ずいぶん遠くまで来たものだ、という感慨がふと、民の胸に去来した。ふりかえれば遠友夜学校の灯が、札幌で暮らした日々を琥珀色に照らしてくれているのだった。

大戦景気が去ると、豆類の価格はあっけなく下落し、投機的な商品作物の生産に特化していた十勝の農民はたちまち苦境に立たされる。父が農地を手放し、一家をあげて札幌の豊平橋の畔《ほとり》の貧民窟に引っ越したのは大正九年、民子が小学四年のときである。

そこは雑多な職人たちの町だった。

馬具、染物、目立て、研屋、鍛冶屋、畳屋、大工、石工などの職人たちが川沿いの長屋に集住し、肩を寄せ合って暮らしていた。

父は雑貨商を始めたが、およそ商人には不向きで、ぶらぶら出歩くことが多く、母が店を切り盛りしていた。民子は近所の桶屋へ子守り奉公に出され、小学校は桶屋から通うことになった。父に似て顎がはり団子鼻の民子は容貌に華はなかったが、頭はずぬけて良かった。桶屋が惜しみ、高等科まで行かせてくれた。

学校を卒業し、ビール会社に就職する時に戸籍謄本が必要になった。

それでその日家に帰ると、父は昼間から酒を呑んでいた。取り寄せた謄本に民子の名前はなく、民子は私生児だったことを知った。生母は帯広の旅館で女中をしていた娘だ、と父はしぶしぶ打ち明けた。乳飲み子だった民子の首がすわったころ、生母は行方を告げず姿を消した。

「その人は、どこにいる？」

「分からん、なんも分らんちゃ」

父は酒臭い息を吐き、顔をゆがめそっぽを向いた。

惚れた娘だったが、音更の家へ迎えることはできなかったのだ、と他人事のように云った。

父の様子から、生母は旅館ではなく、きっと貸座敷に上がっていた遊女なのだろう、と民子は感じた。父を問い詰めるのは詮無いことだった。生母のことを封印したものの、消息を知りたい気持ちは抑えがたく、その狂おしい思いから逃れるように、民子は文学書を読み漁るようになった。

ビール工場の女工になった民子は、給与の大半を家に入れて暮らしを助けた。豊平橋の長屋の家と、ビール工場を路面電車で往復する生活が三年つづいた昭和二年の春、十七歳のときに転機が訪れる。

休日、下の二人の弟妹の世話をした後、民子は昼から遠友夜学校の図書室へ出かけるようになった。学校は昼間、長屋の住人たちにも開放されていた。いつも、卓球場や運動場で近所の児童や就学前の子どもたちが遊んでいる。図書室も出入りが自由で、本を借りることもできた。

民子はここで新渡戸稲造の著書と出合った。新渡戸博士が夜学校の創立者で、大変偉い人物であることも知った。経歴を見るとまさに雲上人で、国際連盟の事務次長を務めて帰国し、貴族院議員にまでなっても、ずっと夜学校の校長をつづけていることに感動を覚えた。

民子は新渡戸校長の著作を手当たり次第に読んだ。偉い学者が書いたものなのに、難しい言葉や表現はなく、すこぶる実用的な内容である。そして少しも威張る気配がない。行間には著者の優しいまなざしが溢れている。新渡戸校長が書いた本を読んでいると、汚れた心が洗われ、すがすがしい気分になった。『武士道』も読んだ。この本はさすがに難しくわからないことも多々あったが、貧民の子弟のために創った夜学校の校長をつづけている博士の生き方こそ、武士道そのものではないか、と思うのだった。そしてやがてわかったことだが、遠友に学ぶ生徒たちにとって、新渡戸校長は神様に近い存在であった。もっと平たく言えばあこがれの人物、いわば「遠友のあしながおじさん」でもあった。民子自身、畏敬する校長ではあるが、読書を通して知った人格へ初恋にも似た思いを抱くようになっていた。

この年の夏の終わりのことである。

「君、よく見かけるけど、遠友の生徒ではないよなあ」

と、校舎で何度かすれちがったことのある青年が声をかけてきた。びっくりして顔を上げると、青年は日焼けした頬に微笑を浮かべながら民子のところへやって来て、手土産の羊羹を一袋差し出した。東京に帰省していて、戻って来たところだという。

青年は酒田裕二と名乗った。遠友で教師をしている北大生である。酒田は向かいの席に腰かけ、民子が読み耽っていた稲造博士の『世渡りの道』を話題にした。そして民子が博士の本を隅々まで読み、しっかりと理解していることに目を丸くした。ビール工場で女工をしていることを知ると、

「遠友で一緒に勉強しよう」

と民子を誘ったのだった。

工場は女工が夜学校に通うことを認めていなかったが、民子は粘り強く交渉をつづけて承諾を得た。父はあえて反対はしなかった。問題は母だった。酒田は長屋へやって来て渋る母の説得を始めた。

社会事業として開設された遠友夜学校は、三年後の明治三十年に新渡戸校長が病気療養のため札幌を離れたが、後任の代表によって着実に陣容が整えられていった。明治四十四年からは北海道庁と内務省より補助金と奨励金の交付が始まり、大正五年には私立学校として認可された。

中等部が四年になったのは大正十五年のことで、授業科目も正規の学校と大差はなかった。生徒数は初等部と中等部を合わせて二百名を超える年もあった。男女共学は開設当初から変わらず、年齢も家庭のある大人から子どもまで多様だった。女子生徒は男子のほぼ半数ほどで、彼女たちのなかには専検（専門学校入学者検定）に合格し、看護婦や教師などの職業婦人を目指す者もいた。この専検合格は無償で教師を買って出ている北大生にとって、やりがいのひとつでもあった。

酒田がこのようなことを話しても、母はまったく上の空である。

青臭いばかりで世間を知らない学生を小馬鹿にし、

「女が学問なんかしたら、ろくなことありゃせん」

と鼻であしらうと、そっぽを向いた。

それでも酒田は何度も足を運んできた。

ビール工場から民子の通学が承認された日は、駆け足だった。

まだ肩で息をしながら、店の隅の椅子に腰かけ、遠友で勉強して専検に合格すれば道が開け、昇進も昇給もできる、と説得した。

黙って聞いていた母は、何を勘違いしたのか、

「学生さん、うちの子にお声がけしてくれるのは有難いが、このぶさいくな娘なんかほっときちゃ。下の妹はべっぴんやから、口説くのなら妹のほうにせんかね」

と傍の民子を無視して、真顔で云う有様だった。

ともあれ、酒田の熱意に母は折れて、民子は遠友の中等部へ通うことになった。夜の六時半から三時間、卒業までの四年間の遠友の時空が、今は民の唯一の宝になっていた。自分は遠友で生まれ、新渡戸稲造の人格に陶冶されて、真実に生きることを知った、と民は思う。

（遠友のこと思い出すと、もうきりがないちゃね）

民は独り言《ご》ちると、寝床へもどり布団にもぐりこんだ。

それから十日ばかり経った日のことである。

買い物から戻ると、郵便受けに珍しく封書が入っていた。部屋に入り、差出人を改めてたしかめた。いったい、なんだろう、と怪訝な表情を浮かべ、ハサミで封を切った。

一通の印刷された文書を取り出すと、民はじっくり目を通した。

各位の下の行に、札幌遠友夜学校創立百周年記念事業事務局とやたら長い呼称があり、その下に事務局水島純一と名前があった。文面の内容はおよそ次の通りである。

昨年の十月十五日、新渡戸稲造没後六十年を記念するシンポジウムが盛岡で開かれた。この席で北海道大学の教員有志から、来る九十四年は札幌遠友夜学校創立から百周年、閉校して五十年の節目なので記念事業をやってはどうか、という提案がありみんな大賛成だった。さっそく事業の中身を検討した。そして講演会とその内容などを収載した記念誌を出版することにした。事務局は農学部の水島研究室である。連絡の困難が予想されたが、夜学校の同窓会である札幌遠友会に残された名簿と、遠友夜学校の研究家である松小田文夫氏に御協力を頂き、夜学校関係者各位の所在を知ることができた。このようなことで誠に唐突ではあるが、皆様へ謹んでご案内することにした。一九九四年六月二十一日（火）午後一時から講演会と歓迎レセプションをおこなう。場所は北海道大学学術交流館である。ぜひご参加願いたい。

買い物かごから取り出した食料品を冷蔵庫に入れながら、

（いきなり何だい、バカにするんじゃないよ）

と民は呟いた。

文書を封筒にもどし、水屋の抽斗《ひきだし》にしまった。

無視して忘れようとしたが、どうにも落ち着かない。日が経つにつれ抽斗を開けて、文書を読み返すことが多くなった。

五十年間で遠友の卒業生は一千百名余り、無償奉仕で教師をした北大生は六百名ほどだと云われていた。ほとんどが鬼籍に入り、たとえ健在でも、遠友のことをまともに語れる者は、みんな八十歳を超えた老人ばかりである。集まって昔を懐かしむのは勝手だが、それもほんのひと時のことで、やがて身内の自慢話と愚痴、しまいには病気や薬の話になるに決まっている、と民は冷ややかだった。とはいえ、民にしても、もちろん会いたい人はいた。自分の道を開いてくれた酒田先生、親友の宮内照枝、そして工場の仕事で負傷し、醜い傷跡がのこる自分の手をさすりながら、「世界一美しい手だ」と褒めてくれた新渡戸校長に会えるものなら、何をおいても札幌へ駆けつけるのだが、三人ともとっくに旅立っている。

（記念事業なんかで、遠友がわかるものか）

と、懐かしさよりも反発が先に立つ。自分が大事にしてきた思いがゆがめられる気がした。情緒ではなく、もっと本質的なことをふりかえり、遠友の精神から学ぶつもりがなければ、記念事業をやる意味などはない。自分はわざわざ札幌まで出かけて、懐旧談にひたるなどまっぴらご免である、とあれこれ考えていると、民は腹が立ってくるのだった。抽斗の奥にしまいこんで目につかなくしたものの、それでもふと案内文が頭に浮かぶ。迷っている自分に気づき、「老醜をさらして不機嫌なまま戻るのがおちよ」と、札幌行きを否定するのだった。

気がかりなまま日が流れ、十二月の読書会の日がやってきた。

空はどんより曇っている。民はフード付きの中綿のコートを着て、いそいそと公民館へ出かけた。毛皮の手袋をして、バッグは小脇に抱えた。なかには札幌から届いた案内文書がある。会って雑談をしているうちに気が向けば、麻衣子に見せるつもりだった。

民はいつもと同じところに座り、後ろの席にえんじ色のニット帽を置いて他の者が座らないようにした。前回と同じぐらいの参加者が集まり、講師が白板の前に着席した。民は後ろをふりかえった。麻衣子がまだ来ていない。ニット帽を引き取って前を向いた。ほどなく、読書会が始まった。

講師から詩の朗読について、あれこれ説明があった。「間」の取り方がきわめて重要、などと教科書に書いているようなことである。感情、情景、メッセージの三要素を頭に入れて表現することが大事なのだ、と講師は云う。それから、中原中也、茨木のり子、金子みすゞの誰もが知っている詩を朗読してみせた。受講者は目を閉じ、静かに聞き耳を立てた。ところが民は後ろの空席が気になり、せっかくの朗読もいっこうに心に響かなかった。後半は詩集『熱風』の最初のところは私、残りの時間は希望者がいればその方が好きなところを何行か、そして最後はみんなで朗読します、と講師が告げて休憩になった。

民は手洗いに立ち、廊下で麻衣子を待ったが来なかった。

（いくら『熱風』が好きでも、ここは年寄りばかりやから）

と麻衣子の気持ちを察し、それでも目はなお麻衣子を探していた。

（会う約束をしたつもりやったが、虫が良すぎたっちゃ）

民は少し肩を落としたが、切り替えて会場へもどった。

詩集『熱風』の冒頭を講師が朗読した。


魔の歩行が続いている。夕暮、わたしと霊魂は出る。そこに「非常口」があり、宇宙を漂白しはじめる。定期券を失ってから久しい。しかし不思議なエネルギーを孕んでいる肉体である。横笛がなり、そこに「非常口」があり、群衆（あるいは男性と女性の隙間）をぬって、夕暮、わたしと霊魂は出る。


麻衣子のことは諦めて、講師の熱のこもった朗読に民の心は共鳴し始めた。講師は続けて八頁ほど諄々と朗読した。鳥になった民は気象通報の時よりもさらに高く高く舞い上がり、やがて宇宙へと飛び出した。すると、解き放たれた霊魂が歩行を始める。

「だれか、ご希望の方、おられませんか」

突然、闇の奥から講師の声がして、民は目を開けた。

会場はしんとして、反応がない。講師は出席者へ目を向けて手が上がるのを待ったが、みんなは目を伏せて沈黙している。民が周囲の様子を伺っていると、講師と目があった。

「ありゃ、わたしゃで、よければ、」

手をあげて、民はみんなに聞こえるように云った。

講師はほっとした顔になり、よろしくお願いします、と大きくうなずいた。そして、あっ、どうかそのままで、と立とうとするのを制したが、民は構わず直立すると、詩集を両手にもって、朗読するところの頁をみんなに知らせた。一斉に詩集をめくる音がして、会場が静まった。
「みなさんは、どうしておられるやろ。わたしゃヒマなもので、毎日気象通報を聴いています。それで、ここを朗読します」
と前置きして、しゃがれた声を張り上げた。

午後四時、ＮＨＫ第二放送の気象通報に耳を澄まし、アナウンサーの声によって、気象の印象がちがうことに気がついていた。音楽もなく、ただ、人語の響き、アメ、キリ、ハレ。アナウンサーが交代する。空に骰子を投げて、空に亀裂が生じ、空に骰子を投げて、その人の左腕に詩行が浮かぶ。

ここまでは淡々と、それから民は感情を込めた。

潮岬デハ、東北東、風力四、雨、〇七ミリバール、二十三度／漁師さん、金毘羅さん、この空に吊る絵馬は、どっかにないかしら、／潮岬デハ、東北東、風力四、雨、〇七ミリバール、二十三度、知らなかった、郵便船という名前の船のあったことを、郵便船はいまどこに、

「はい、ここまで——。」

老人たちが詩集から民の方へ、ゆっくり顔を向けた。満更ではなかったみたいである。前の席の何人かは、上体をねじって民を凝視する。横の方で、「自分は瀬戸内海の島の生まれでしてな、子どものころ、郵便船を毎日見ていましたなあ」と声があがったので、みんなはしばらく郵便船や赤塗自転車に乗った郵便配達夫のことが話題になった。講師が話を引き取り、それにしても素晴らしい朗読でした、と民を労い、会場に拍手がわきおこった。

「ありゃ、拍手なんかもろて、学校を出て以来のことですがの、長生きするもんです」

民がひょうきんに応えると、どっと笑いがおこって、会場は和やかになった。

『熱風』の最後のところをみんなで朗読した。

　誰のものでもない風景が宇宙の涯からつながっている／小石を積んで空の奥所に消えてゆこう、悲しみのような罪を消して

　ここで一区切りし、次の行を四回繰り返した。

　この夏の霊魂をのせた一艘の舟が揺籃の地を過ぎるとき

そして、

不思議な／風。／抹消します／漁師さん、金毘羅さん、この空に吊る絵馬は、どっかにないかしら、／美しい着物を買って、せんになって走ってゆきます／長春デハ、風弱ク、ハレ

前回よりもずっと充実した読書会が引けて、老人たちは満足そうに会場をあとにした。民が廊下へ出ると、すぐに人影が寄ってきた。

「まあ、あんた、来てたのか」

民は腰を伸ばし、スーツ姿の麻衣子へじろっと視線を向けた。

「ご免なさい」

と麻衣子はとっさに頭を下げ、垂れた前髪をかきあげながら、職場からまっすぐ駆けつけたとこです、と言い訳をした。

「なんだよ、いやだね、学校みたいじゃないか」

と民は応えた。目は笑っている。

「あたし、遅刻は初めてです」

「途中からでも、入ればよかったんだよ」

「ええ、でもみんなで朗読する声をここで聴いていました。絵馬のところ、とても良かったですよ」

「最後のとこだね、年寄りばかりだけど、熱気はあったよ」

「でも、なぜ、長春なのかしら」

と麻衣子は詩の結びの地名のことを云った。

「そんなことあんた、響きとイメージが美しければどこでもいいんだ。だから好きなところ、大概の者はふるさとだね」

「じゃあ、わたしたちは札幌だ。札幌では風弱く、晴れ、か」

「残念ながら、今朝の予報では、吹雪いているそうだよ」

と民は訂正し、ふたりは目を合わせて笑った。

公民館を出ると、どちらから誘うでもなく、民が行きつけの喫茶店まで歩いた。

中は定番のクリスマスソングが流れていた。

ふたりは歳末の喧噪から背を向けるように、隅っこの席へ座った。授業のない日曜日は学生も少なく、店内はがらんとしている。

すぐ、『熱風』のことで、麻衣子が口を切った。

高校三年のときのことである。自分の身体のなかから、もう一人の自分がぬけ出ていくような、そのような体験に遭遇したのだった。

一学期の期末考査の最終日、講演会があるので全校生徒が体育館に集合した。手短な講師紹介がすむと、吉増剛造本人が登壇し、『熱風』の朗読を始めた。国語の授業で習った詩の約束事などまったくおかまいなしに、まるで速射砲から飛び出す砲弾のように、言葉の大群が襲いかかって来た。生徒たちはあっけにとられ、ざわつき、やがて容赦なく打ち寄せる詩行の津波に圧倒されて黙りこみ、そしてついには居眠りを始めた。しかし、麻衣子はちがった。とりわけ気象通報のところになると、もし本当に霊魂があるとするならば、その霊魂が身体からぬけだし、大空へと浮遊していく感覚を味わっていた。ラジオの前で正座をしている民と同じである。さらにいつの間にか、麻衣子は大空に吊るす絵馬を探しに旅立っていたのだった。

「それ、白昼夢だね」

熱心に耳をかたむけていた民が、素っ気なく解釈した。

麻衣子は云い足りない思いにかられる。

「詩の力ってすごいな。魂をゆさぶるもの」

「あんたが純粋だからだよ」

「そうかなあ、打算も妥協もたくさんしているのに」

「子どもじゃないからね、それが世渡りってことさ」

民は軽く受け流し、さぐるような目になった。

「それであんた、空に吊るす絵馬は見つかったのかい？」

一瞬、何のことか、意味がつかめず、麻衣子は困惑した表情のままコーヒーカップへ手を伸ばした。恋人のことかと思ったが、そのようなことを語り合う相手ではない。コーヒーを一口飲み、カップを置いて目を上げると、民の眼窩の奥の目が麻衣子を見ていた。返事に窮し、問い返した。

「民さんは、どうですか？」

「おやまあ、そうきたか」

民は両手を組み、そこへ首を軽くのせて、

「歳を取るほど見つからないね。昔はあったんだよ。札幌では遠友にあったね。ところが戦争で世の中がどんどん世知辛くなった。戦後も変な世の中だよ。日本人は絵馬を見失ってしまったんだ」

と民は自戒気味に呟いた。

「でも民さん、境内には絵馬がたくさん掛かっていますよ」

「なんだ、あんた、ありゃ煩悩だよ。煩悩を書きつけた木札じゃないか。あんなもの空に吊るすものじゃないね」

と断じると民は腕を組んだ。

麻衣子は指先を見つめていた目を上げ、

「あたし、詩のなかの絵馬のこと、そこまで考えていなかった。でも民さんがいう絵馬って、いったい何だろ?」

と独り言のように問いかけた。

「霊魂を映す鏡だよ」

「霊魂の鏡──、」

麻衣子が反復すると、

「まあ、あんた、この年寄りが勝手に思うだけのこと。若い者は笑い飛ばせばいいことだよ」

と民は押し付ける風でもない。

麻衣子は店内に流れるクリスマスソングに耳をかたむけ、ちょっと迷っていた。曲が終るのを待って打ち明けた。

「実は、あたし、玄関に絵馬を飾っているんです」

「へえ、そうかい、若いときは願い事がたくさんあるからね」

「単なるお飾りです。何も書いていません」

「そんな使い方もあるよ」

「玄関に置いているけど、何も映らないちっぽけな姿見です」

「なるほど、映らないから映っているんだ」

と、民は禅問答のようなことを云い、麻衣子を見つめると不意に話を転じた。

「あんた、正月には札幌へ帰るのかい？」

いきなり生活の話に引き戻され、麻衣子は映画館を出た直後のように意識を現実へ戻しながら、

「はい、混雑するので三が日を過ぎてからにしています」

と応えた。すると民はバッグから記念事業の案内文書を取り出して、読んでくれないか、と麻衣子へ頼んだ。

一読して、麻衣子が顔をあげると、民は音更に生まれ、遠友夜学校へ入学するまでの経緯をかいつまんで話すと、云った。

「すまないがね、もし時間が取れるなら、北大の記念事業事務局の水島先生に会ってくれないかね」

「農学部の、水島先生ですか」

藪から棒な申し出に麻衣子は驚いてきき返した。

バツが悪そうに民は声を落とした。

「無理にとはいわないよ」

「あたしは文学部でしたから学部はちがいますけど、お名前は存じています。民さんの言付けがあるのなら、お伝えします」

と麻衣子が気を利かすと、

「杉本民子のことを話して欲しいんだよ」

と民は要求した。

「民さんのこと？」

「こんな者が参加してよいかどうか」

と民は云ったが、本意ではなさそうである。

「民さんが参加しなくて、他にだれがいるんですか」

「そうかね、まあ、いろいろあるからね」

麻衣子は、ふたりの間に置かれた案内文の一か所を指さし、

「あたし、この方、松小田文夫さんにも会ってみます」

と遠友夜学校研究家の名前を挙げた。

「ご存知ですか」

「知らないこともないが、奇特な人もいるもんだ」

「お二人に会って、情報を集めてきますね」

「助かるよ、でも、いいのかい？」

「あたしの勉強です。お気になさらないでください」

「実はこの前から、玄関の上り口にこの文書を貼り付けているんだよ。出入りにいつも見て

いるんだ」

「それ、あたしの絵馬と同じですね」

「そうだね、まったく、しょうもないことだけど」

と民は云い、苦笑した。


札幌は雪の多い正月を迎えていた。

二週目の月曜日、麻衣子は北大農学部へ出かけた。学生のころ、いつも利用していた地下鉄の北十二条駅で下車して地上へ出た。オフィスビルが立ち並ぶ樽川通りは除雪されて、クルマがのろのろ行き交っていた。目を細めて見渡すと昨夜からのドカ雪で、向かいの大学キャンパスは森も建物も雪化粧のままひっそりとしている。

麻衣子は樽川通りを渡ってキャンパスへ入った。学内では新渡戸通りと呼ばれるようになった一本道がある。新雪についた足跡をたどるとロングブーツが雪に埋まった。道の両側に積まれた雪の山は肩の高さほどある。ゆっくり歩を進めながら、麻衣子は共通一次試験の日のことを思い出していた。この時も前日にドカ雪があった。キャンパス内の試験会場に麻衣子と一緒にたどり着いた級友が、北大は日本一過酷な会場だ、と悲鳴を上げたものである。もとより冬は寒く大雪に見舞われる日が何度もあった。しかし春夏秋冬、自然豊かなキャンパスは季節の彩りがはっきりしていてそれぞれに美しく、とりわけ札幌農学校時代からのポプラ並木の景観は、いつ見ても心に響くものがあった。

麻衣子はこの日、ポプラ並木にまで足を運び、それから水島教授に会うことにした。すでに面会を願う手紙を東京から郵送し、理由も簡潔に記していた。アポイントメントも取り付けている。とはいえ、会ってすぐに記念事業や杉本民子のことを話題にするのはいささか無粋である。ポプラ並木の手前の花木園に新渡戸稲造博士を顕彰する胸像を建てる予定だ、と水島から伝え聞いていた。それで新渡戸通りを散策し、ポプラを目にした後、花木園をのぞいてみることにしたのだった。

花木園に胸像はまだなかったが、肩まで積もった新雪から稲造博士は顔だけのぞかせて、やあ、よく来たね、と労ってくれているように感じた。その印象を水島研究室で、麻衣子は初対面の教授との会話の切り口にした。

水島は肉付きの良い頬をほころばせ、

「この大雪の中、あなたが来られたので、博士はきっと喜ばれたでしょう。クラーク像はメンスト（キャンパス内の南北道路）の一等地ですから観光客があふれていますが、博士の胸像が建つ花木園は端っこなのでふだんでも訪れる人はいません。若い人が訪れるのは僕も嬉しいですよ」

と快活に応じ、麻衣子を歓迎した。

研究室は暖房がよく効いていた。麻衣子のダウンコートとマフラーを受け取って、手際よくハンガーにかけ、コーヒーを出してくれた助手は窓際のデスクで顕微鏡をのぞいている。麻衣子は水島の気さくで行き届いた配慮に安心した。

最初に、記念事業の大まかな説明を受けた。

講演は二本予定していて、演題は、「新渡戸稲造と札幌農学校」、それに、「遠友夜学校とリンカーン精神」である。前者は、新渡戸稲造研究の泰斗で宗教学者の佐藤全弘氏に、また後者は北大講師でクラーク博士研究者の山本玉樹氏に打診し、内諾を得ていた。それから遠友夜学校で教師をしていた元北大生と、元生徒に記念スピーチをお願いすることにしていた。元教師のほうは高齢ながら健在な方がおられ、引き受けて頂けそうである。しかし元生徒はまだどなたにお願いすればよいか、決まっていない。所在が判明したおよそ二百名の卒業生へ案内文書を発送しており、参加を希望される方から代表で一名、依頼する予定であった。

講演と記念スピーチ終了後、関係者のレセプションを催し百周年を盛大に祝う。そして、これら一連の行事と、寄せられた原稿、過去に遠友夜学校について書かれた歴史的価値の高い文書類、夜学校のあゆみ、校旗、校歌、歴代代表者（校長）、校務担当教師名、創設から閉校までの卒業者数、大正十二年に道庁から認可された財団法人遠友夜学校寄附行為と施行細則、学科の移り変わりと教科・科目などを集録し、一冊の本にして出版することにしていた。

水島はこれらの概要をまとめて印刷した用紙を五枚、麻衣子に示して丁寧に話してくれた。

最後に、質問はありませんか？　とたずね、なお物足りない表情である。記念事業についてでは、予期しないほど十分な情報量だった。感謝の気持ちを伝え、用意万端ですね、と麻衣子が応えると、水島はひと呼吸おいて、熱っぽく語り始めた。

「遠友夜学校はすっかり忘れ去られていますが、日本の教育史における人格教育の原点ですよ。記録を発掘して残し、語り継いで行かなければ、僕たちは新渡戸先生が札幌の大地に咲かせた遠友夜学校という、かけがえのない精神文化を見失ってしまう。そこでまず、記念事業をやろうということになった。人格を陶冶し、社会に役立つ人物を養成する。これこそ教育の本来の姿ですからね。そう思われませんか」

「はい、おっしゃる通りです」

と応え、麻衣子は顔をあげた。膝の上の手帳には、要点が素早くメモされている。もっともなことだ、と一も二もなく賛成だった。ただ、その言説は耳触りがよすぎるせいなのか、余り心に響かない。そんな内心を隠すように、麻衣子は微笑を浮かべうなずいていた。

水島はボルテージを上げて、さらに続けた。

「新渡戸稲造や内村鑑三が学んだ札幌農学校こそ、日本の民主主義教育の源流ですよ。日本の教育はその後、不幸なことに東大を頂点とする国家主義教育が大勢となり、戦後は平等の名の下の受験教育で競争心を煽り、格差と差別意識はひどくなるばかりですな。青少年に一番大切な情操教育ができていません。豊かな人間性を育てることは教育の重要な役割です」

と水島は力説した。大きな目がそう思われませんか、と賛同を求めている。麻衣子は深くうなずき返した。ペレットストーブの炎が燃えて、暑いくらいである。水島は指に挟んだボールペンをくるくる回しながら話を続けた。

「バブル経済で拝金主義がまかり通ってしまいましたね。大金を手にすることが人生の目的で、カネで幸福が買えると豪語する輩をマスコミがもてはやしている。バカバカしい限りですな。バブル崩壊後は人心がすさみ、学校では不登校が増加し、いじめが横行する。モラルや社会的責任を顧みず、利益を優先する企業は非正規社員を増やしているので、労働者の暮らしは年ごとに悪くなっています。国富の源であるべき農業のおかれた状況はさらに深刻で、過疎離村は止めようがありません。資本が集積する大都市だけが繁栄し、地方は疲弊しています。一事が万事ではないが、これらの問題の責任の根っこにゆがんでしまった教育がある。個人的には世渡りのパスポート、社会的には選別の手段になってしまった戦後の学校教育の責任はとりわけ重大ですよ。僕はそのように認識しているのです」

水島はカップをごつい手でつかむと、残ったコーヒーを飲んで長広舌を一区切りした。

麻衣子は肩の緊張を解いた。

水島の話すことは正論ではあるが、いまひとつストンと腑に落ちない思いが残った。麻衣子は記念事業の意義や目的を理解し、民さんに伝えることになる。水島のいう通りに伝言すると、そんな講釈はまっぴらご免だよ、聞きたくないね、とそっぽを向かれそうだった。民さんが求めているのは立派な思考や論理ではなく、もっと次元の異なるもの、論理では決してつかめない空気のようなものなのだ、とそんな気がする。

しかしともあれ、記念事業は十分に意義深い。

麻衣子は素直に伝えた。

「中学や高校のころのこと、余り憶えていません。でも大学は受験から解放されて、楽しい思い出がたくさんあります」

水島は首肯し、目尻を下げた。

「大学はスキルを教授する使命があるものの、どこも人間教育には力をいれていますからね。とくに本学はリベラルアーツ教育に伝統がありますよ」

「新渡戸先生の遺産ですね」

「その通り。立派な人格あってのスキルですから」

「その点、遠友夜学校は人を育てることに力を注いだ」

「そう、まさに教育の原点です」

水島は太い首を大きく縦にふった。そして云った。

「人生で最も大事なことを教えた。正義と善に身を捧げることを教師と生徒が共に学び合ったわけです。この姿こそ、教育者新渡戸稲造の真骨頂ですよ。僕たちは記念事業を通じて、日本の教育の在り方、本来日本人はどうあるべきか、問い直そうとしているのです」

「日本人はどうあるべきか、ですか?」

「そうですとも、武士道、The Soul of Japan 日本の魂です」

「日本の魂――」

とゆっくり呟き、麻衣子は少し得心した。魂というよりも心と表現した方が自分にはしっくりくるが、民さんに話すのなら魂である。記念事業は日本人の魂を問いかける催しなのだ、ということなら一家言ある民さんも重い腰を上げそうである。

話はその杉本民子のことになった。

水島は札幌勤労青少年ホーム内の遠友夜学校記念室に足を運んで、保存されている学籍簿、校務日誌、生徒会誌などから杉本民子のことを拾い出し一通り調べていた。

「昭和三年四月、中等部入学です。入学時が十七歳、この年の入学者は男子が二十八、女子が十の三十八名ですな。このころ、初等部と合わせると年度当初の在校生は二百五十名を超えています。夜学校の最盛期ですよ。中等部は四年ですから、杉本さんの卒業は昭和七年三月、この年は男子が八、女子が四、合わせて十二名の卒業です。彼女の成績は四年間、ずっと飛びぬけて優秀でした」

「小学校の高等科を出て、ビール工場で働いていた、と聞いています」

「酒田先生が両親を説得して、入学させたようですな。杉本さんのことは、遠友でもずいぶん期待していたのか、校務日誌に名前がたびたび出てきますよ」

水島は机上の備忘録へ視線を落とし、メモしたことを熱心に読んでいた。しばらく会話が途切れた。

「何か、ありますか」

待ちきれなくなり、麻衣子がそっと促した。

「こんな記録がありますな。えーと、杉本さんが入学した年の十一月十八日、日曜日だが教員宿舎に生徒を呼んで、気象通報を聴かせています。男子三名ト女子二名ガ来ル。杉本民子、コトノ他感激。民子ノ感性ト才覚ハ群ヲ抜ク、と酒田先生が書いています」

「その気象通報のこと、ご本人からこの前、直接聞きました」

「そうですか、ずっと憶えているものですね」

備忘録から麻衣子へ目を向け、水島は嬉しそうに応えた。

以来、時間が許せば、気象通報を聴くことが民さんの日課になっていたが、それは二人だけの内緒である。

「まだ、ありそうですか」

と麻衣子が催促し、水島は酒田先生と杉本の関わりを話した。

酒田は大学二年の時から卒業するまで、遠友で教師をし、遠友の教員宿舎で暮らした。それで、北大生のなかでも生徒たちとのつながりは特に深かった。入学に至るいきさつからして、杉本に対しては格別の思い入れがあったようだ。杉本は非常に優秀な生徒だった。大正十年六月から遠友の代表を務め、実質的な校長だった北大教授の半澤洵へ酒田は働きかけて、教授の口利きで杉本は本学図書館の給仕に採用されている。納豆菌の研究で名のある半澤博士は遠友でも教えていたので、杉本のことはよく知っていた。北大の研究室から遠友の校舎へやって来ると、美味しい納豆を持ってきたから食べてくれ、と杉本たちを度々教務室へ呼んでいたのだ。給仕をしながら杉本は専検の勉強をして合格した。いっぽう酒田は大学卒業後、研究者として北大に残っていた。かれは杉本が女子医専へ進学できないものか、半澤へ相談をもちかけている。杉本もその気になっていたようだが、家庭の事情で断念している。

「大変不遇だったようですな。女子医専の件は関心がおありならご本人から聞いてみてください」

「分かりました。それにしても酒田先生との出会いは運命的ですね。お歳もそんなに離れていないようだし」

「一番の恩師であることは確かですな」

「酒田先生はご健在ですか」

「残念ながら、十年ほど前、神奈川の自宅で亡くなられています」

「杉本さん、ご存知でしょうね」

「知らないことはないでしょう」

「そうですよね、酒田先生は杉本さんの青春そのものですから」

と麻衣子は婉曲な言い回しで、民さんの気持ちを表現した。

すると水島は、麻衣子の想像を封じるように云った。

「これは記録ではなく伝聞ですが、結婚相手をお世話したのも酒田先生ですよ。相手は札幌の人で、東京に出て印刷会社に勤めていた。それで杉本さんは上京して東京で新婚生活を始めたのだが、一年も経たない内に夫は札幌の歩兵連隊に召集され、昭和十三年五月に徐州で戦死されています」

「ご主人が戦死されたことは、聞きました」

麻衣子は膝をそろえ声を落とした。

帰省のことをたずねたとき、民さんは連れ合いの遺骨を埋葬するため、一度だけ北海道へ帰ったことがある、と応えていた。それがこのことだった。

「その後、籍を実家に戻し、薬剤師の資格を取って、病院で働きながら暮らしていた、ということです。同窓会には入っていないので、この辺のことは松小田さんからの情報です。明日、お会いになるのなら、直接お聞きになられたらいい」

と水島はうながし、面談を締めくくった。

農学部本館の玄関まで見送りに来た水島は、ぜひ参加されるようお伝えください、と麻衣子に伝言を託した。はい、必ず、と麻衣子は約束し、キャンパスのまるで舞台装置のような雪景色へ視線をうつした。空はすっきり晴れ渡っている。まだ人生のほんの輪郭をつかんだばかりなのだが、民さんのなかにある澄み切った空はきっと遠友から始まったのだ、と思いながら麻衣子は雪景色の中へ歩き出していた。

翌朝、東京へもどる支度をして実家を後にすると、麻衣子は札幌駅南口近くのホテルのロビーで松小田文夫と会った。

松小田は北大を卒業すると札幌市役所に就職し、生涯学習課長で定年になった。遠友夜学校の研究をライフワークにするきっかけは、学校の跡地に新渡戸博士夫妻の顕彰碑を建立する計画に生涯学習課の担当者として携わってからである。顕彰碑の除幕式は昭和五十四年十一月二十三日に催された。全国から遠友の元教師と生徒、それに新渡戸稲造研究者が多数参加して華やかだった。松小田はこのときから遠友関係者への取材を始め、十五年経った現在も続けていた。聞き書きしたノートや頂いた手紙は段ボールで十箱を優に超えている。

松小田は自己紹介代わりにこのようなことを話した。頭頂部まですっかり禿げ上がっているが年寄り臭くはない。語り口は熱く、話し出すと次々に話題が広がっていく。夕刻の新千歳発の東京便を予約している麻衣子は時間に余裕がないので、酒田先生と杉本民子のことに絞って話を聞くことにした。

松小田は除幕式の翌年、酒田が勤務していた神奈川県内の大学へ出かけて、遠友で教えた生徒たちのことを聞き取っていた。

「目もとの優しい、穏やかな学者さんでした」

卒業式（北海道大学大学文書館提供）

と初対面の印象を表現した。この年、酒田は古希を迎えていたが、遠友のことになると話がとまらなかったという。

「杉本民子さんのこと、お聞きになりましたか」

「ええ、もちろんですよ。話の半分は彼女のことでした」

「夜学校の図書室が最初の出会いだそうですね」

「そうです、そうです」

と松小田は何度も合点し、

「杉本さんのことは、小説になりますよ」

と目を光らせた。

「そんなにドラマチックですか」

「遠友そのもの、遠友を体現した人ですね」

「どういうことでしょう?」

麻衣子がきくと、松小田はカバンからノートを取り出して広げ、紙面いっぱいに遠友夜学校の校旗を描いた。六角形の銀白色の雪の結晶のなかに大きく遠友の文字があり、その周りで六つの星が輝いている。描きながら、このエンブレムを男子生徒は帽子、女子生徒は胸もとに付けていたと説明し、顔をあげた。

「遠友の文字は友愛、喜び、勇気、そして星々には清浄、無垢、高潔、久遠、理想、真理といった意味がこめられています。これが遠友精神です。この精神でしっかり前を見つめて自律し、時代に流されず、胸を張って生きろということですよ。新渡戸博士が造られた遠友は教育の理想をかかげ、時代と闘ったのです」

「その時代というのは、戦争へと向かう激動の昭和ですか」

「いやいや、もっと大きくとらえないといけません。北海道開拓の明治、デモクラシーの大正、戦争と抑圧の戦前、民主化と経済成長の戦後、そして平和な時代を迎えた平成——」

と松小田は話を大きく広げようとしたが、麻衣子の気乗りしない表情を察して中断した。そして改まると、あなたは手紙で杉本さんとお会いになったと書いていたが、息災ですか、とたずねた。とてもお元気ですよ、と麻衣子は即答した。

松小田はしみじみ打ち明けた。

「真っ先にお会いして、話を聞きたかったのは杉本さんでした。遠友を研究すればするほど、杉本さんの話を聞く必要があった」

「分かります。まだ二回しかお会いしていませんが、とっても深い水を湛えた井戸のような魅力ですね」

「なるほど、深い井戸か、実は私はねえ、酒田先生とはお亡くなりになるまで、お付き合いがありました。その間、杉本さんのことはみんな話してくれましたよ。ただ戦前のことだけで、戦後はどうされていたのか、消息さえも聞けなかった」

「戦後、お二人の交流はなかったのでしょうか」

「私もそう思っていました。ところがお亡くなりになる前、先生からお便りが届いて、遠友を研究している松小田のことは杉本に知らせてある。これから先、何か必要が生じたら、杉本から連絡があるだろう。もっとも彼女は遠友のことではだれにも会いたくない、と云っている。どうか気持ちを察して欲しい、と書いていました」

「それで、杉本さんから連絡はありましたか」

「いや、今日まで、何もありません。あなたが杉本さんにお会いになった、と知ってびっくりしました」

「水島先生が記念事業の案内を杉本さんへ出されています。住所は松小田さんからの情報だと承知していますが」

「それはその通りです。杉本さんが酒田先生へ出していた年賀状と暑中見舞いを束にして、奥様が送ってくださいました。それで住所は分かりましたが、先生との約束を守ってこちらからは連絡していません」

　松小田は四角い顔を上げ、宙をにらんだ。

「葉書に何か書いていましたか」

「いえ、時候のあいさつと近況だけでしたね」

麻衣子は手を顎に当てて少しためらいながら、

「杉本さん、こんな者が記念事業に参加してよいものか、と迷っていた。遠友のころ、何かあったのかなあ」

と松小田に問いかけるように呟いた。

「友愛、高潔、真理といった遠友精神が杉本さんを縛っているのかも知れませんね」

「具体的に思い当たることはありませんか」

「まあ、いろいろ私なりに調べてはいます」

話が聞けそうなので、麻衣子はシャープペンを握りなおした。ところが、松小田はロビーの天井へ目を泳がせ、ためらっている。

「例えば女子医専を断念したこと、水島先生からお聞きしました」

「ああ、そのことですか、そのことなら」

と松小田はあっさり応え、つぎのように語った。

民子が中等部四年の秋である。

昼間、本学図書館で給仕をしている民子のところへ酒田がやってきて、東京の女子医専を受けてみたらどうか、と勧めた。民子の進路のことは夜学校の代表である半澤教授から東京の新渡戸博士へ相談がもちこまれていた。民子の家庭の事情を知った博士は養女先を見つけた上で、そこから医専へ通学すればよい、と半澤代表へ回答した。また養女に差支えがあるのなら、小日向の私邸の一室を提供してもよい、と大変乗り気であった。

数日後の休日、民子の暮らす長屋に酒田がやってきた。

重篤な中風で床に伏していた父は、民子に背中を支えられ胡坐を組んだ。部屋は糞尿の臭気が染みついている。枕元で対面した酒田は、校長の新渡戸博士と半澤代表の意向を伝えた。話すことのできない父は、ふるえる手に筆をにぎり、「ありがたい」とわら半紙に書いた。

茶の間で継母と民子、それに妹と弟が酒田の話を聞いた。

夜学校でも期待し、新渡戸博士も援助を約束している。また杉本家では民子さんの下の妹と弟も就職されておられるから心強い限りである。さらに何よりも父上が賛成してくれた、と酒田は「ありがとう」と書かれたわら半紙を卓袱台に広げた。

継母が他人事のように云った。

「光栄なことやけど、合格しますでしょうか」

「難関の専検に優秀な成績で合格していますから、学力は大丈夫ですよ。本人もその気になっています」

と応え、酒田は民子を促した。

「お継母さん、ご迷惑はおかけしません。父さんもこうして応援してくれていますから」

と民子はわら半紙へ目をやり、こわばった表情で訴えた。

「父さんが応援だと、ふん、バカなことというんじゃないよあんた。あの人、先生のおっしゃることなんか分かりゃせん。この前なんか呑み屋の旦那が来て、カネ払え、とさんざん毒づいていたが、ありがとう、と書いて渡していたじゃないか。頭も変になっているんだ」

「でも、うちのいうことは分かります」

「そうかい、だったらあの人の世話、ずっと続けるんだね。放蕩ばかりして挙句の果てがあのざまだ。あたしゃもう金輪際、面倒を見る気はないね。子どもらだって同じだよ。そうだろ」

と継母は言い含め、妹弟は何度もうなずいた。

「あんた、どうしても東京へ行くというなら、あの人も連れておいき。それができんので一人で行くというなら、あたしらあの人、川にでも放り込むよ」

「お継母さん、それはいくらなんでも」

と酒田は頬を震わせて諫めた。

継母はきっとした顔を酒田へ向けた。

「先生とあたしらでは、住んでいる世界が違います。こんな不況が続くと子どももいつクビになるやら。せっかくのお話しですが、なかったことにしてくださいや」

と継母は話を引き取った。

人生は思い通りにはならない。皮肉なことに女子医専への進学を断念して半月後、父は食べ物を喉に詰まらせて死んだ。民子は家に居づらくなり、夜学校の宿直室で三年余り暮らした後、酒田の世話で結婚し東京で新婚生活を始めることになった。

（豊平の長屋のことは忘れたい）

と麻衣子は民さんのやるかたない心境を慮った。

すると不意に、

（気象通報は母親探しのツールなのか）

とそんな気がしてくるのだった。

麻衣子は率直な気持ちを口にした。

「それにしても、酒田先生は本当によくされましたね」

「遠友に誘った責任感、それに何よりも彼女の知力に惚れていたんでしょ。遠友としても優秀な生徒ですから、何とかしたかった」

「二人に恋愛感情はなかったのでしょうか」

「あったとすれば杉本さんの片思いですね」

「酒田先生には好きな人がいた、ということですか」

「遠友は年ごろの男女の学校ですから、恋愛沙汰もありました」

と松小田は淡々とした口調で明かした。

「杉本さんのこと、少し聞かせてください」

麻衣子は肩に力を入れた。

酒田先生から聞いただけで、ウラが取れていないので、聞き流してくださいと断わり、松小田は手短に云った。

「杉本さんには宮内照枝という親友がいました。照枝さんは酒田先生に好意をもっていた。彼女はそのことを杉本さんに打ち明けていたようです。この三人をめぐって夜学校恒例の海水浴でちょっとしたハプニングがあった。酒田先生は杉本をひどく傷づけてしまった、と悔やんでいましたね」

「どんなことがあったのですか」

「それは杉本さんに聞いてください。記念事業への参加をなぜためらっているか、関係があるかも知れません」

「わかりました。それで宮内照枝さんは今、どうされていますか」

「亡くなりました。卒業して二年後、豊平で結核患者救済のセツルメント事業を展開していた天使病院に入院し、間もなく天に召されたそうです。二十歳になったばかりだった、と聞いています」

「年下の親友の恋敵が死んでしまった。複雑だなあ」

と、麻衣子は嘆息をもらした。

遠友の恋愛問題について、松小田はつぎのように補足した。

新渡戸博士の方針は男女共学だったので、若い学生の教師と女子生徒の恋愛は創立当初からあった。明治四十二年から大正四年まで、熱心に代表を務めていた有島武郎はこの問題で頭を悩ましている。月例の会議では女子生徒の取り扱いを度々話し合い、勉強のこと以外で女子生徒からの相談に乗らないよう、教師の北大生へ注意を促している。それでも問題がやまないので女子生徒は十四歳をもって限度とし、それ以上は退学させる、という決議をして有島は上京した。新渡戸博士はこの提案を一蹴し、学生に教師としての自覚をうながした。

「女子生徒の方が積極的だったようですね」

「北大生は高根の花でした」

「杉本さんは、酒田先生への思いをじっと胸に秘めていた」

「家の事、仕事、勉強で精いっぱいだったのでしょう」

「照枝さんの死、堪《こた》えたでしょうね」

「そのことは海水浴の件と合わせて聞いてみてください」

松小田はいったん言葉を区切ると、

「記念事業には照枝さんの妹が参加されるそうです。朗報ですよ」

と朗らかに云った。

札幌から戻った麻衣子から届いた手紙を読み、民の脳裏によみがえったのは、新渡戸博士が遠友を訪れた日のことだった。

博士は明治四十二年六月と昭和六年五月の二度、遠友夜学校を訪ねている。それから二年後の昭和八年十月、カナダのビクトリア市の病院で永眠し帰らぬ人となった。

博士は最晩年、親友に二度目の訪問をこのように語っている。

新渡戸博士来校記念撮影（昭和六年五月十八日）
北海道大学大学文書館提供

「僕の一生涯中最も強い感激をうけたのは、遠友夜学校を見舞った時のことだ」

この最後の訪問は五月十四日に函館へ入り、十六日夕刻に札幌へついた。翌十七日は札幌農学校時代からの親友たちと過ごし、十八日は北大の中央講堂で演説をし、午後七時に夜学校を訪れている。

新渡戸博士が遠友にお見えになるというので、何日も前から教師も生徒も夢見るような心境のなかにあった。ピカピカに磨いた教室に飾り付けをし、廊下は何度も拭き掃除をした。当日、民子も照枝も洗いたての袴をはき、髪を三つ編みにしてリボンで飾った。

生徒全員と半澤代表ら遠友関係者が運動場に整

列して待っていると、電灯が灯る校舎の玄関に自動車が到着した。

北大の教授たちに先導されて、背丈のある白髪の老紳士が生徒たちの方へやって来た。初めて目にする憧れの校長こと新渡戸稲造博士である。博士は踏台には上がらず一通り生徒たちを見まわした。

この方が新渡戸博士か！

民子は博士が後光に包まれているのを感じた。

博士は歌うように声をかけた。

「中等部のなかで、一番小柄な人は誰だい、こちらへ出ておいで」

男子も女子も小柄だが、一番といえば照枝である。「照ちゃん、行かないと」と民子は目の前の照枝をうながした。照枝はぎこちなく列の先頭へ歩み出ると博士の前に直立した。「出迎えありがとう、私もここに帰ってこられてこんなに嬉しいことはありません」とみんなに語りかけ、照枝の両手をとって、「学校は楽しいかい」と優しくたずねた。生徒も教師も感極まり、嵐のような拍手が沸き起こり止まなかった。

授業参観が終ると、全員が講堂に集合して校長の訓話を聴いた。博士は訓話の最後をつぎのように締めくくった。

この世は美しい。自分一個のためだけ考えたのでは、世の中は存在しない。人のためを思えばこそ楽しい。だからこれら多くの世話をしてくださる人びとのことを考え、親たちのことを考え、即ち遠友の意味を考え、若いなかにでも、自分のできる事で人の為になることなら何でもする。そして学校を出てから、どうすれば世の為人の為になるかを考え、勉強してください。ただ本を読み、算術をすることだけが学校の仕事と思わず、人格を養い、明るい気分で、世のなかの人の為になるように、心がけることが大切な教育なのです。私も相当な年配なっているが、二十年もたてばまた来ましょう。丁度その時はここにおいでの方も立派になっておられるだろう。再会をたのしみにして今日はお礼だけ申し上げます。

終了後、生徒たちは廊下に一列に並んだ。

博士は生徒の前で足を停め、一人ひとりの両手を取って名前を聞き仕事をたしかめて励ました。民子の番になった。博士が手を差し出すと、彼女は思わず右手を背後に隠した。

「どうしたんだい」

「すみません、手が汚くて」

「平気だよ、見せてごらん」

おずおずと前に出すと、博士はその手をとり、掌の傷を見つめた。

「工場でケガをして、それでこんな傷跡が」

「そうか、とても綺麗だ、世界一美しい手だ」

博士は民子の右手を両手で包み、なでながら励ました。

ふりかえれば、この世は美しい、と民が思ったのはこの日が唯一だったように思う。少なくとも今日まで、このときほどの感激を体験したことはなかった。博士が諭すように本来、この世は美しいのであろうがいたらないことばかりの自分にとって、とても美しいとは言い難いのである。

記念事業の趣旨が、日本人の魂を見つめなおすことだ、と麻衣子の手紙にあったが、本気でそんなこと考えているのかね、と民はため息をつく。絵にかいたような魂なんてありっこない、と民は思っている。詩人が魂を詠うのはよいが、学者が魂なんて言い出したら、大和魂じゃないが、ありもしないものに振り回されて国が滅んでしまう。空理空論ではなく、博士が遠友夜学校へ揮毫した、「学問より実行」が本当ではないか、と民は思うのだった。

手紙では、ぜひ参加をして欲しいという水島教授の伝言に添えて、松小田から宮内照枝と酒田先生のこと、それに海水浴でのハプニングについて少しばかり情報を得た。差し支えなければお会いしたときに話して欲しい、と書いていた。

民は一日考え、返信を認めた。

水島教授と松小田氏へ会い、取材してくれたことについて感謝の言葉を綴った。そして、いろいろ思うところがあり、せっかく調査してくださったが、もともと懐古や感傷は性に合わないので、札幌へは出かけないことにした、と率直な気持ちを伝えた。

読書会は年が改まり、講師が新しくなった。三月までに三回、夏目漱石の「こころ」について話し合う。今さらという気もするが、他にすることもないので一月から出席した。この一回目は札幌へ帰省しているので麻衣子は来なかった。彼女から手紙を受け取ったのはこの数日後である。素っ気のない返事をしたので、直接話を聞くため二月の読書会に麻衣子は来るだろう、と民は期待していた。会えば、お礼をするつもりで商品券を用意していた。しかし麻衣子は公民館に現れなかった。当今の若い子はあっさりしたものだ、とぼやく気持ちを抑え、冷たい風に身を固くしながらとぼとぼ歩いて帰った。

その後、商品券を麻衣子が勤務する出版社へ送ろうと思い、また何度か電話をしたくなる日があったが、ともに三月の読書会まで待とう、と我慢をした。電話は手っ取り早いが、札幌へ行かないのだから、わざわざ念押しをするのは野暮なことである。民は三月が来るのをじっと待った。

そして二月が行き、三月になった。

読書会のある第一日曜日は久しぶりの快晴だった。

自宅のアパートを出るとき、今日は麻衣子が来るだろう、と民は空を見上げて念じた。されども麻衣子は現れなかった。集まったのはいつもの年寄りだけである。会では決まった老女数人がむやみに笑い声を立て、とんちんかんな事を云って会場を和ませてくれるが、大概はみんな息をそろえて眠っているような時間が経ち、今年度最後の読書会は終わった。みんながが去った後、民は廊下のベンチソファに腰を下ろして、しばらくぼんやりしていた。

翌日の月曜日から天気が悪くなり、木曜日は朝から冷たい雨が降りしきっていた。買い物へは出かけられず、ありあわせのもので昼食をすませ、好物の大福餅を小刻みにして口に運んでいたとき、チャイムが鳴った。こんな雨の中、何事かと玄関へ下りると雨音にまじって声がした。

「今日は、すみませーん」

麻衣子だった。民は思わず息をのみ、慌ててドアを開けた。

「なんだい、あんた、何かあったのかい?」

と冷静をよそおった。

麻衣子はバッグを肩にかけ、傘を手にして立っていた。

「ごめんなさい、いきなり来て」

頭を下げ、細い声で詫びを云った。

「謝ることなんてないよ。こちらこそだよ」

「近くに用事があって、それで」

ともじもじしている。

「狭いとこだが、お入り」

麻衣子はほっとした顔になり、スーツの水滴を払った。

室内は和室の六畳が二間とダイニングキッチンである。

椅子を麻衣子に勧めると、民は手挽きのミルでコーヒー豆を挽きながら労わった。

「正月の札幌は大雪だったそうで、迷惑をかけたね」

「キャンパスは雪山みたいでした」

「そんな中、水島先生も研究室へ来てくださり、有り難いことだ」

「炎みたいに熱くて、情熱的でした」

「雪も溶かす情熱か、今どきそんな男は貴重だね」

と民はまなざしを和らげた。そして立ち上がると、ドリップポットからフィルターへゆっくりと湯を注いだ。深い香りが立ち上がり、その香りに誘われるように、

「水島先生のお話しを聞いて、記念事業への意気込みをひしひしと感じました。あたし、民さんに直接お会いしてお話ししようと思っていました。でもいただいたお便りで、札幌へは行かないとお書きになっていました。それでもうこの件にはふれない方がよいのだろう、と判断していたのです」

と麻衣子は一息に、事情を伝えた。

民は黙ってうなずき、サーバーのコーヒーをカップへ淹れ、食器棚の抽斗から取り出した商品券をカップと一緒に麻衣子へ差し出した。

「すっかり遅くなったけど、お礼だよ」

「そんなこと、いけません」

麻衣子はいったん手にしたカップを受け皿にもどすと、商品券をそっと少し押し返した。

「なんだい、あんた、この年寄りをいじめるつもりかい？」

「いえ、そんな、とんでもありません」

「だったら、納めておくれよ」

麻衣子は背筋を伸ばすと、張りつめた表情になった。

「あたし、今日お伺いしたのは、水島先生から民さんにスピーチをお願いしたいので打診して欲しい、という電話をいただいたからなのです。松小田さんからも民さんが適任だ、と推薦がありました。記念事業に参加されてぜひスピーチを、とのことです」

「札幌へ行くつもりはないよ」

と、即座に民は顔色ひとつ変えずに応えた。

「あたし、手紙、何度も読みました」

「だったら、お二人に伝えてくれただろ」

「はい、お話ししました。すると松小田さんが宮内照枝さんの妹も参加されるから、それを知ったら民さんもきっと札幌へ来てくれる筈だ、とおっしゃいました」

「照ちゃんの妹さんか、達者なのは何よりだ」

民の老いた顔に、懐かしそうな表情が浮かんだ。

麻衣子はためらいがちに云った。

「親友の照枝さん、二十歳で亡くなられたそうですね」

「それ、松小田さんから聞いたのかい？」

「はい、豊平の天使病院の結核病棟で療養していたと」

「療養じゃない、収容隔離だ。結核は怖かったからね、みんな忌み嫌っていた。そんな時代だよ」

民は沈んだ顔になった。

雨足が強くなっていた。キッチンの窓ガラスをつたって滴がつぎつぎに落ちていく。その様子を見つめる民の影のある横顔へ、麻衣子はおずおずと話しかけた。

「あのう、ひとつ、お聞きしたいことがあります」

「なんだね、一体」

民は硬い表情を麻衣子へ向けた。

「遠友の海水浴、憶えていらっしゃいますか」

「夜学校の一大行事だからね、忘れはしないよ」

「ちょっとしたハプニングがあった、と聞きました」

「それって、照ちゃんが溺れかけたことだね」

「はい、助けたのは酒田先生ですか？」

「松小田さんがそういったのかい？」

「いえ、具体的なことは何も聞いていません。今、照枝さんが溺れかけたと知って、不意に酒田先生のことが浮かんだのです」

「ほう、あんた鋭いね、その通りだよ。照ちゃんのことはトラウマだったが歳は取るものだね。この歳になると話せるよ」

と民は目もとを和らげた。

石狩湾内の銭函《ぜにばこ》海水浴場は、札幌から汽車で一時間ほどのところにある夏の行楽地である。遠友では夏休み前の一日、この砂浜で海水浴を楽しむことが恒例の学校行事になっていた。前日には五十人も収容できる天幕と飯盒炊飯《はんごうすいはん》の準備物などをチッキで銭函駅へ送り、天幕隊の北大生が一日がかりでみんなを迎える準備をした。夜行隊の男子生徒と学生教師は前夜に遠友の校舎を出発し、夜通し歩いて明け方に銭函へ着く。そして女子生徒たちは早朝、札幌駅から汽車で銭函へ向かい、夜行隊と駅で合流した。これまで三年間、汽車賃を惜しんで見合わせていた民子と照枝は、四年生のときに初めて参加した。

民子は平泳ぎができる。足が十分に届く浅瀬で、背中に照枝を乗せて泳いでいた。慣れてきた照枝は民子の両肩をつかみ、バタ足で少し泳げるようになった。それでつい先へ先へと泳ぎ一休みしようと立ち上がったところ、足が砂地に届かず溺れそうになった。危険を察し照枝は両肩にしがみつき、民子は重みで水中に沈んだ。必死にしがみつく照枝をふりはらい、民子は水面から顔を出して助けを呼んだ。幸いすぐ近くに酒田先生がいた。背丈のある彼の足は砂地に届いている。先生はもがく照枝を引き寄せ、そのまま両手で抱えると岸辺まで運んで行った。照枝は海水を飲みぐったりしていたが、先生に介抱されて元気をとりもどした。

海水浴、銭函（北海道大学大学文書館提供）

大事に至らなかったが、この出来事で助けを求める照枝の手をふりはらったことが、民子の心に深い傷をつくった。

天使病院のこともそうだった。容体が思わしくなくなったその日、照枝の妹が図書館にやって来て、涙をためた目で姉が会いたがっていると告げた。それで見舞いに行くと約束したものの、民子は感染を怖れ手紙ですませてしまった。

遠友の校歌では、正義と善に生きることを歌っているのだが――。

「だれにも話さなかったが、あんたに話すと気が楽になったよ」

「あたし、民さんがますます好きになりました」

麻衣子は率直な気持ちを伝えた。

「嬉しいね、でも札幌へは行かないよ」

「民さんがためらっていた本当の理由が分かりました」

と、麻衣子は民の心中を察した。

「あんた、買いかぶらないでおくれ、面倒なだけだよ」

「酒田先生はきっと、スピーチして欲しいと願っていますよ」

「さあ、それはどうだろう」

「遠友のこと、伝えて残さないと」

「もっとふさわしい人は、他にもたくさんいるよ」

民は立ち上がり、コーヒーカップを片付け始めた。

つられて麻衣子も立ち上がり、壁にかけてある賞状額へ近づいた。

艶のあるサクラ材の高級な額縁である。麻衣子の目はその額縁のまんなかに飾っている五千円札に注がれた。使われている肖像は新渡戸稲造である。じっと見ている麻衣子の背後で民が云った。

「写真はいろいろあるけど、五千円札の博士が一番だね」

「民さんの思いがこもっていますね」

都会のアパートの一室で、五千円札の肖像になった新渡戸稲造と暮らす老女の日常が、ふと麻衣子の頭をかすめた。

「博士と遠友があってこそだから」

　と民はふりかえり、張りのある声で云った。

「あんたも知っての通り、博士は軍部を批判したから戦前は国賊呼ばわりされた。遠友で学んだ者はどんなに悔しかったことか。戦後も四十年近くになって、この日本は博士の功績や偉大さをやっと見直した。日本もようやくまともな国になった」

　麻衣子は民の方へ目をうつした。

「森鷗外も候補だったけど、頭髪が薄くて偽造されやすいので新渡戸稲造に決まったと聞いたことがあります。鷗外ならだれでも知っている。でも稲造博士は知らない。五千円札を手にして、ほとんどの人がこの人だれだろうと思った」

「軍部の糾弾で消し去られていたのだよ。アメリカさんの民主主義もありがたいが、博士も復活した。博士の説いた武士道の精神がよみがえったのだ。このお札が発行された日は忘れもしない昭和五十九年十一月一日だった。お札を手にして顔につけ、嬉しくて、有り難くて、一晩中泣いていたよ」

　思い出すのか、民の目には涙が浮かんでいた。

　麻衣子は民を正面に見つめた。

「遠友の精神こそ、博士が後世に伝えたかったことです」

「それはその通りだね」

麻衣子は気持ちをこめて云った。

「札幌へ行きましょうよ。あたしも民さんのスピーチを聞きたい」

「うむ、まあ考えるよ。月末まで待っておくれ」

民は、今度は否定せず、回答を引き延ばした。

その月末、松小田から出版社気付で麻衣子に手紙が届いた。ワードを使った活字の文書三枚に、手書きでメモが添えられ、同じものを民にも送った、とあった。

文書は民の生母の消息だった。消息をつかむまでの経緯をおよそ次のように報せていた。

松小田は民の生母のことで遠友の卒業生に取材を重ねていた。すると民の生地の音更の実家から帯広の穀物商へ嫁いだ叔母の娘、つまり民の従妹になる人が帯広に健在であることが判った。松小田は帯広へ出かけてその老女に会った。老女は民が帯広の家に預けられたとき、遊び相手をしてくれたので、民のことを憶えていた。そして生まれて間もない民を置いて、帯広を去った芸子のことを母親から聞いていた。母親はサトさん、サトさんと云っていたが、姓は判らないという。サトは小樽の金曇町の遊郭に身を沈めていたが、忍路《おしょろ》の漁師と結ばれて、忍路湾の漁村で家庭をもったという噂だった。それで松小田は忍路へ出かけ、土地の古老たちに会い、サトのことをたずねてまわったが、だれも知る人はいなかった。ただ心もとない話が一つ残っていた。

忍路は江差追分に唄われるほど、昔はニシン漁で栄えたところである。富山から忍路に移住していた小浦という名の若い出稼ぎ漁師が、小樽で知り合ったあだっぽい娘と海辺の家に住んでいたことがあった。何年か経って漁師は富山に帰ってしまい、その家はやがて空き家になったという。松小田はその家があった場所の近くにある古い寺を訪ね、事情を話して過去帳を調べてもらった。すると年繰りの昭和十九年の過去帳に小浦サトの俗名があった。六月二十一日入滅、行年五十となっている。命日は札幌遠友夜学校の記念事業が催される日である。とても偶然とは思えず、松小田は何かに導かれているのを感じた。小浦サトは民の生母であろう。詳細は札幌でお会いして話したい。

北海道の六月は爽やかである。

記念事業の当日、民と麻衣子は早朝の飛行機で羽田を発ち、昼過ぎに北大の学術交流会館に着いた。水島研究室のゼミ学生が控室へふたりを案内してくれた。満面に笑みを浮かべた水島教授が現れ、民へ労いと感謝の言葉をかけた。日程は二時から講演が二本、小休憩を入れて四時半からはスピーチが二つある。民の出番はその二つ目なので全体の掉尾《とうび》を飾ることになる。その後、会場をクラーク会館へ移し歓迎レセプションが予定されていた。

一番大きな講堂はほぼ満席で、ホールにも人があふれていた。放送局をはじめメディアも多数つめかけている。

民のスピーチは温かくユーモアがあった。

「遠友夜学校はすべての生徒にとってたった一つの灯台でしたね。それは暗闇のなかにきらめく北斗七星でしたよ。私は中等部ですから四年間通いましたが、この四年間の月日こそが、若き日の私の人生の生きた証になっています。私は遠友から生まれ、遠友に帰って来たのです」

と冒頭で遠友への思いを明かした。

遠友の生徒はいつでもどこでも、夜学の先生に会えばもうそれだけで嬉しく温かい気持ちになった。校門を入るとだれかれとなく、「おばんです」と声をかけあった。もうそれだけで昼間の仕事の疲れが吹き飛んでしまったものだ、と民は遠友を懐かしむ。遠足、学芸会、自己研鑽の集会である女子生徒のすみれ会、男子生徒のリンコルン会の思い出を民は語り、新渡戸博士来校の日の感激と、新校舎への引っ越しの大仕事のことを、ユーモアを交えて紹介した。

そのさわりは、こんな感じである。

引っ越しのとき、男子生徒と先生は運搬と大掃除、女子はどうしたかというと、民が最年長、年齢ではなく学年が最高だったので、みんなを指揮して百二十人分のぼた餅をつくることになった。二人の先生にそれぞれもち米四升、うるち米四升、別の先生にさらしあん四貫目、またさらに別の先生には、おはし、お砂糖、乾物、沢庵といったものを買ってくるようにお願いした。鍋と食器を調達し、女子全員でつくり始めたのが午後六時、九時までに何と二百五十個の大きなおはぎをつくって、百二十人が車座になって食べた。女子は疲れ果てペタンと教員室の床に座り込み、あんこや煤のついたお互いの顔を見合ってゲラゲラ笑っていた。このとき、あんこ練りをしてくださった先生が何人か会場にいらっしゃると聞いています、と民は会場へ声をかけた。

新渡戸博士が五千円札の肖像になったとき、「ざまーみやがれ」と思った、と民が快哉を叫ぶと会場はどっと湧き、「五千円札を手に入れ、顔に押し当てて泣きました」と話すと会場はしんと静まった。

最後に民は、遠友で学んだこととして思索、読書、博愛、そして正義の四つをあげて、貧乏ではあったが、遠友で育てられたからこそ楽しく生きることができた、と感謝を述べてスピーチを終えた。

レセプションには卒業生だけでなく、遺族やその家族が大勢参加していた。子どもを連れて来た人たちもいた。遠友夜学校のことは親から子、そして孫へと語り継がれているのである。会場の一角で、松小田は照枝の妹を民に引き合わせた。ふたりが抱き合っている姿を目に納め、麻衣子は会場を後にした。

翌日の早朝、親子以上に歳の離れた民と麻衣子は、まるでピクニックへ出かける教師と生徒のような晴れがましい気分で、函館本線の電車で忍路へ出かけた。

小樽から西へ二つ目の蘭島駅で下車してタクシーを雇い、サトが眠る忍路の寺へ行った。

本堂の横の永代供養塔に花を供え住職に経をあげてもらった。民はさっぱりした顔で、待たせていたタクシーまでもどり、「この辺りで見晴らしのよいところへ連れて行っておくれよ」と声をかけた。タクシーは忍路漁港から岬の先へ行く細い道を上り、小高い丘の上で停車した。小さな広場になっている。クルマを下りて、崖の縁へ立ち、ふたりは海と空を見つめた。

じっとそうしていると、民が気象通報をつぶやいた。

忍路デハ　西寄リノ風　風力二　晴レ　十二ヘクトパスカル。

麻衣子には、

「絵馬を吊るす空、やっと、見つけたよ」

と、民が空へ話しかけているように思えた。

鞍出山の桜

青森市内もすっかり初夏らしくなっている。

八木沢次郎は朝方、大学で講義を一つすませると愛車のゴルフで八甲田山系をぬう山道を走り、昼すぎに十和田文化倶楽部についた。

すぐにフロント主任が現われ、カフェレストランの中央の席へ案内された。ゆったりとした室内は静かで、昔よく聴いたシャンソンがながれていた。ガラス張りの壁面から見通す庭には芝生がひろがり、手入れの行き届いたアカマツが数本夏空にすっきりした姿で立っている。目を手元へもどした八木沢はショルダーバッグを椅子におき、ノートと筆記用具を取り出した。ほどなく丸顔の支配人がやってきた。名刺を交換し、テーブルをなかにして向かいあった。

「オーナーの山野は盛岡へ出張中ですが、くれぐれもおよろしくとのことです」

支配人は訛りのない言葉遣いで話し、表情をやわらげた。

「そのことなら昨日、お電話をいただき恐縮しております。こちらからお願いしたことですから」

と八木沢はオーナーから連絡があったことを伝えた。

山野俊三はいくつかの事業のオーナー経営者である。地方史の研究と推進にも見識と理解があり、この分野の篤志家として名が通っていた。かれは十和田市の始まりである三本木原台地開拓関連の歴史資料も数多く所蔵しており、そのなかに八木沢がどうしても見ておきたいものがあった。借覧を願う手紙を出し、会う約束を取り付けていたら直前の昨日、山野のほうから電話があった。盛岡に本部のある新渡戸稲造基金維持会へ出向く急用が生じたので、お会いするつもりだったがかなわなくなった。それで支配人へ肝心なことは指示しておいた。十和田開拓と新渡戸家の資料のことで、何か要望があれば伝えて欲しいということだった。

その支配人が大きな封筒をすっと前へさし出した。

両手を伸ばして丁重に受け取り、八木沢は束ねた用紙をなかからそっと取り出した。「三本木平開業之記《さんぼんぎだいら》」と流麗な筆遣いの表題がある。万延元年（一八六〇）に、盛岡藩主南部利剛《としひさ》公へ提出された南部領北部三本木原台地の新たな開拓事業書だった。開発願主には、新渡戸伝《つとう》と伝の嫡子《ちゃくし》で長男の十次郎《じゅうじろう》、それに伝の嫡孫で十次郎の長男の七郎（邦之助）の三人の姓名が記されている。十次郎には妻の勢喜《せき》との間に三男四女があり、七郎の末弟が稲造である。

この開業之記に先立つ五年前の安政二年（一八五五）八月、藩庁から許可が下りた伝は、三百五十余名の人夫を集め、水もなく不毛の台地の三本木原へ水路を拓く一大事業に着手していた。三本木原の西奥の天狗山の岩窟を穿《うが》って九百間、手前の鞍出山《くらでやま》の半腹にさらに千五百間の長さの穴堰《あなぜき》（用水トンネル）を掘り、十和田湖から流れ下る奥入瀬川の水が三本木原へ達したのは安政六年（一八五九）年五月である。開墾して水田を開き、万延元年秋、初めて米四十五俵の収穫があった。これを機に、伝は開拓事業の後継者である十次郎へ、地域開発の計画とその経綸を口述した。十次郎はこれをもとに広大で総合的な都市建設構想をつくりあげた。これが「三本木平開業之記」である。

「願文」（新渡戸十次郎は三本木平の更なる開拓を藩へ願い出た）

　この原本は昭和十一年、市立新渡戸記念館の前身である私設新渡戸文庫を訪問した図書館関係者によって偶然発見されている。翌年、青森県中央図書館は原本を鉄筆で精確に謄写して、二百部限定で印刷すると関係先と識者に配布した。

　八木沢は国立国会図書館でデジタル公開され

ているこのプリント版をもっていたが、研究者としては当然ながら原本を見ておきたいので新渡戸記念館に申し込んだ。すると原本は十和田新渡戸家の所有なので公開はしていない、と体よく断られてしまった。一目、拝見するだけでよいのだが、とかさねがさね申し込んでも返事は変わらなかった。学術的な価値がある公共性の高い古文書の閲覧を拒否されたのは初めての経験だった。それも市立の記念館という公共の施設である。釈然とせず、しばらくは不快な気分が消えなかった。そのような折、かれは地方史の研究仲間から、原本の複写を山野が所有していることを耳にしたのだった。

「写しなので、その時代特有の手触りや歴史の薫りはありませんが、お役に立てれば幸いです、と山野が申しておりました」

複写した開業之記をゆっくりめくっている八木沢へ、支配人が山野の思いを伝えた。紙面には行書で雄渾な筆致の字がびっしり隙間なく記されている。ひととおり目を通すと顔を上げた。

「時代の手触りとは、なかなか含蓄のある言葉ですね。地方史を大切にされている山野さんのお人柄がにじんでいます。お会いしてみたいものです」

「そうですか、山野にお伝えしておきます。先生とならそれは話がはずむと思います」

支配人は目をほそめ、さっどうぞ、と運ばれてきたアイスコーヒーをよく太った手ですすめた。

八木沢はタンブラーを複写用紙の束の横へそっとおいた。

「記念館にはまだ未公開の資料がだいぶあると聞いていますが、本当ですか」

「さあ、どうなんでしょう、私にはわかりかねます」

「展示品は市の有形文化財の指定を受けているそうですね」

「ええ、そのように聞いています」

支配人は表情をひきしめた。

八木沢は従来からの疑問を率直に訊ねた。

「記念館は新渡戸家文書を所有していないようですが、なぜでしょう?」

新渡戸家文書というのは、新渡戸家本家を継いだ稲造が東京の小日向《こひなた》の私邸に所蔵していた新渡戸家伝来の大量の古文書、祖父伝の日記、父十次郎の随筆や幕末期の書簡、それに稲造自身の八千冊の蔵書などのことである。

戦前の大正十四年、稲造は決して私物化しないことを約束させた上で、三本木村(現在の十和田市)に住む腹違いの従弟の太田常利へ新渡戸家文書と先祖伝来の武具甲冑などを委託し、私設新渡戸文庫の創設を認めた。その後、稲造は新渡戸文庫を公益法人にするように度々強く常利へ要望したが、法人にするには基本財産が足りず、実現できなかったといわれている。

昭和四十年に十和田市は十和田新渡戸家の許可を得て、木造の新渡戸文庫の家屋を取り壊し、鉄筋コンクリート造りの記念館を建設した。それ以後、記念館は市が新渡戸家文書を借り受けて運営している。

支配人は慎重な言い回しになった。

「新渡戸家文書は、市と共同管理だそうです」

「共同の管理ですか、所有ではなく?」

「そこのところは、新渡戸家の意向が働いたのだと思います」

支配人が事情をいうと、八木沢は念を押した。

「新渡戸家というのは、ここ、十和田の新渡戸家のことですね」

「はい、それはもちろんです」

支配人は、意味ありげな表情になった。

もともと新渡戸家の一族はだれも三本木に居住してはいなかった。

新渡戸家の出身地は花巻で、伝の代になって盛岡城の士籍にはいり、城下に屋敷を構えている。

三本木に新たな新渡戸家が生まれたのは、伝が定宿にしていた開拓会所の住居で、伝の身の回りの世話をしていた女に二人の子ができたことに由来している。伝はこの二人を新渡戸家には入れず、旧知の間柄でもあった七戸の堺家に引き取らせた。ところが堺家に出された娘は、明治十五年に三戸の農民の男と結婚した際に、「新渡戸」の姓で戸籍を届け出た。これが十和田新渡戸家の始まりである。

　十和田市には新渡戸記念館があるので、著書『武士道』で世界的な名声がある稲造の出身地は、十和田だと思い違いをしている人が多い。稲造は文久二年（一八六二）九月に盛岡鷹匠小路に生まれている。幕末の慶応三年（一八六七）十二月、稲造が数えの五歳のときに父十次郎が死去し、稲造は祖父伝の養育下に入った。明治四年八月、死期が近づいた伝は、東京で洋服商を始めていた三男の時敏のところへ稲造を養子に出した。稲造が九歳のときである。

　稲造を養子にした叔父の時敏は、幼少時に花巻の太田家へ養子に出されていたので太田

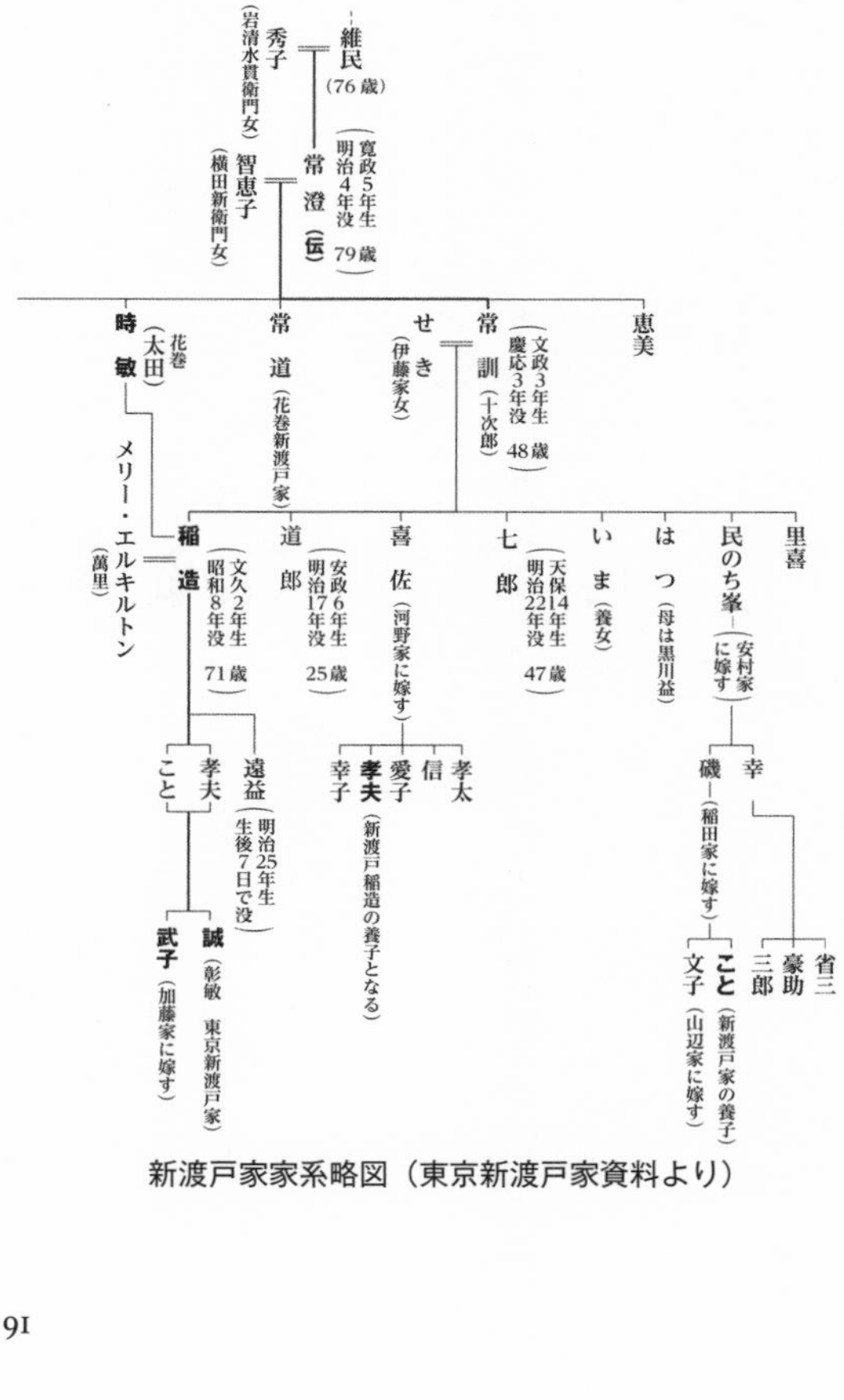

新渡戸家家系略図（東京新渡戸家資料より）

時敏という。稲造は太田家に入って太田稲造となったが、新渡戸家を継いでいた長兄の七郎が死去したために、明治二十二年に太田家を出て新渡戸家本家にもどり新渡戸稲造となった。稲造と入れ替わり、時敏は十和田新渡戸家から二男の常利を養子に迎えた。太田常利は退役後に郷里の十和田に帰って洋館を建てて住み、新渡戸文庫を十和田新渡戸家の二代目の弟と共に運営することになる。十和田新渡戸家はいま五代目であるが、本家の稲造からいえば腹違いの分家である。稲造は三本木村で新渡戸の戸籍が勝手につくられ、都合よく改ざんされていることに、一時、強い不快感をもっていた。

支配人は当然ながらこのあたりのことをよく心得ているらしく、デリケートな話をさけるように視線をいったん室内へ泳がせ、それから思いついたようにショートケーキをすすめた。

八木沢は小さく手をふってことわり、

「いつまで、大丈夫でしょうか」

と開業之記の借覧期間をたしかめた。

「差し上げます、と山野が申していました」

「それはいけません。貴重なものですから」

遠慮すると支配人が説明した。

「自分がもつよりも研究者のもとにあるほうが十次郎も本望だ、と山野は申しています。ただしコピーは絶対なさらないようにお伝えしてくれ、とのことです。記念館と山野との間の信義に反しますからね」

複写した原本があちこちへ流出するのは好ましくない。

「コピーの件はお約束しますが、山野さんの手元にはなくなります。かまいませんか」

「山野は開業之記を写経代わりに毎日書き写していましたから、もう十分に感じるものがあったのでしょう。それで先生のようにわかる人へ譲りたくなったのだと思います」

「それはおそれいります」

八木沢は膝をそろえ、礼をいった。

開業之記を封筒へしまっていると、支配人がまっすぐ青森へ帰るのかと訊いた。八甲田のほうから来たので、奥州街道を走って七戸から陸奥湾の野辺地《のへじ》の港へ行き、海をながめてから帰るつもりだと八木沢は応え、目を窓の外へうつした。わた雲が松の梢の上に浮かんでいる。明るい空が清々しい。

行こうとすると、支配人が声をかけた。

「先生は、鈴蘭はお好きですか」

「すずらん、君影草ですね」

「ええ、そうです。日本古来の鈴蘭ですよ」

支配人は目じりを下げた。地元で鈴蘭山と呼ばれて親しまれているコナラやモクレンなどの巨樹の森がある。この森の草原にはニホンスズランが群生していていま見ごろである。街道の近くだから見て帰ったらよいとすすめてくれた。クルマで十分ほどである。

鈴蘭山はすぐにわかった。田園のなかに巨大な古墳のように浮かんでいた。

この広大な森は南部藩の昔から、馬を飼って暮らす村人たちがハギやクズ、アオガヤなどの野草を刈り、建築資材を手に入れる大切な「かやば」だった。この入会地での秣刈《まぐさ》りは昭和三十年ごろまで村人総出で行われていたが、馬がいなくなり農業も機械化されてくると森は役割を終え、樹木と野草がおい茂り立ち入る人はいなくなった。

昭和三十五年に山野家はこの六万坪の森を村から購入して、春と秋に下草を刈り、樹木の手入れをして広場や散策路をつくった。開拓の始まるずっと前から鞍出山の麓の豪農だった山野家には、南部藩の絵図にも描かれている三本木原の原風景を保存したいという意図があった。しばらく経つと森はよみがえり、季節の折々に美しい情景を見せるようになった。そして陽ざしが届くようになった草地には、いつからかニホンスズランが自生し真っ白い花を咲かせた。初夏が来ると森は一面にスズランが咲き誇る。だれともなく人々は森を鈴蘭山と呼ぶようになった。

森の前の駐車場に、数台の乗用車と幼稚園のマイクロバスが停めてあった。八木沢はクルマからおりた。早苗田《さなえだ》を渡ってくる風が森をゆらしている。樹間からは八甲田の山容が見える。

森に入るとすぐ、園児たちの喚声がした。色とりどりの帽子をかぶった子どもたちが広場で遊んでいた。観光客らしい人たちが散策路をゆっくり歩いている。周囲はスズランが白い花弁をひらいていた。空を覆う巨木と草地に咲き誇るスズランの対比がおもしろく、八木沢はバッグからカメラを取り出し、撮影の構図をさぐった。

すぐ先の木陰にビニールを敷いて、ヨガをしている若い女性のグループがいた。よい場景なのだがカメラを向けるわけにはいかず、彼女たちの少し向こうへ目をやると、コナラの大きな幹と向かい合っている婦人に気づいた。じっとコナラを見つめて動かない。カメラを構えて望遠で寄せ、数回シャッターを切りながら、ふとどこかで見たことがある気がした。若くはないが雅《みやび》な雰囲気がある。長袖のブラウスとつば広の帽子をかぶった横顔が新緑のなかで上品なシルエットを描いている。

八木沢は記憶をたどりながら、婦人が仰ぎ見ているコナラの巨木へ近づいて行った。足音でその女性《ひと》はふりかえった。

こんにちは、とさりげなく声をかけた。

婦人は八木沢を見つめ、軽く会釈を返した。

「これですか、一番大きなコナラって」

「さあ、どうなんでしょう」

と婦人はあいまいに応え、並んでコナラを見上げた。

まるで大地からいのちが噴き出すような樹の勢いである。大きな幹から別れた枝々が空へ向かって伸びている。

「ここは鈴蘭山と呼ばれているそうです」

森の名を口にすると、

「大木とスズランがコラボする森ですね」

婦人が鈴蘭山を今風にさらっと表現した。

「なるほど、言い得て妙ですね」

感心して、婦人の横顔を見つめた。綺麗な女性である。

スズランなのか、香水なのか、ほのかに甘い香りが漂っている。

不意に記憶がよみがえってきた。

そんなはずはないと思いながらも、ためらいがちに訊いた。

「あのう、失礼ですが五月の中旬、木曜日でしたが、盛岡でお見かけした方のように思えるのですが――」

「わたくしですか、盛岡で?」

婦人は少し首を傾げ、戸惑いを隠すかのように右手を頬にあてた。

八木沢は一語一語区切りながら、

「北上川の開運橋から、岩手山をながめていました」

と婦人を最初に見かけたときの場面を明かした。

彼女の端正な顔に驚きの表情が浮かんだ。

八木沢を見つめ、いたずらっぽいまなざしで、

「まあ不思議、開運橋の上で、あなた様とすれちがっていた」

と知らない者同士のありえない奇遇をみとめた。

八木沢はすぐに名刺を差し出し、盛岡でのことを説明した。


この日、かれは学会の東北支部総会へ出席するため盛岡へ出かけた。駅前からまっすぐ開運橋まで歩いた。新幹線の車窓からいただきに雪が残る岩手山が見えていたので、開運橋からもういちどじっくりながめてみたくなったのである。晩春のうららかな街路にタンポポの綿毛が舞い、北上川は川面をきらきら輝かせて流れていた。欄干の端で岩手山を見つめていると、同じように欄干の向こうで山をながめて佇んでいる女性がいた。このときは橋を渡り彼女をやりすごした。

そして夕刻だった。学会からの帰りに盛岡城公園の近くの新渡戸稲造生誕の地へ寄り道をした。椅子に座る稲造の銅像に会い、小さな公園になっている生誕の地から歩道へ

岩手山と北上川

出たときに、開運橋で見かけたその女性とすれちがったのである。気になって立ちどまり、うしろ姿を目で追いかけた。夕日に染まる歩道から彼女は公園へ姿を消した。

盛岡で二度行きちがったことを知ると、婦人の表情は和らいだ。肩からポシェットを外して八木沢の名刺を仕舞うと顔を上げ、

「加藤沙紀と申します。およろしく」

と名乗り微笑んだ。今朝、新幹線で東京から十和田市へ来て新渡戸記念館を訪ねたところだという。まだ時間があるので好天にもさそわれ、鈴蘭山へと足をのばした、とそのようなことを問わず語りに話した。

それから、森の空気を吸って胸をふくらませ、

「大木には霊が宿ると申しますが、不思議なご縁ですこと」

と偶然の出会いに感じ入っている様子である。

「盛岡の方も観光ですか」

「いえ、会議がございました」

加藤沙紀は落ち着いた声でいった。

樹間から射しこむ斜めの光線が、新緑に映えて美しい。

しばらく森の景色をながめ、コナラの大木から離れると二人は散策路を入り口の方へ歩きだしていた。

「大学では何を教えてらっしゃるのですか」

少しあとを歩きながら沙紀が訊ねた。

「経済社会史が専門ですが、ここ五年ほど前から十和田の開拓史を調べています。新渡戸伝、十次郎、それに稲造の三代のことを研究して教えている。まあそんな毎日です」

「そうですか、十和田湖の水を引いた稲生川《いなおいがわ》が三本木原を潤して太平洋まで達したのは、ここ最近のことですよね」

「その通りです。十次郎の壮大な夢が実現したのは、開拓が国営事業になってからです。開拓を手がけて実に百五十年余り、いまでは十和田はもとより三沢、七戸、六戸など三本木原の隅々にまで水が行き渡っています。しかし開拓のこと、よくご存知ですね」

「あら、さきほど記念館で学んだばかりですから」

「なるほど、あそこには十和田開拓の一級の資料がありますから。勉強になります」

八木沢は少し歩をゆるめた。

ほぼ横にならびながら、沙紀がいった。

「実は、わたくし記念館を訪ねたのは目的がありましたの。五千円札の稲造博士の肖像画のもとになった写真、その写真が稲造博士コーナーに展示されていますので、観に行ったのです」

「そうですか、メリー夫人と一緒の、いかにも博士のお人柄があふれた写真ですよね」

とその写真のことをいった。

新渡戸稲造夫妻
（北海道大学大学文書館提供）

稲造はアメリカのジョンズ・ホプキンズ大学に留学中に知り合ったフィラデルフィアの名門エルキントン家の令嬢メリーと、明治二十四年一月に結婚し、二月にメリーと共に日本へ帰って来る。三月には母校の札幌農学校の教授を拝命して教壇に立ち、学校が用意した官舎で新婚生活を始める。肖像画のもとになった稲造夫妻の写真は、稲造が国際連盟事務次長に就任する前の五十歳代半ばのものである。

話が思いがけない方へ展開し、二人は立ちどまっていた。

沙紀はただの観光客ではなさそうである。

八木沢はさりげなく問いかけた。

「稲造博士を研究されているのですか」

「いえ、ちょっとしたつながりがあるものですから」

「つながりというと、写真ですか、それとも博士と何か?」

森の入り口の広場に園児たちが整列している。

ちょっと間があった。知的な雰囲気を感じながら、八木沢はさきほど何気なく耳にした加藤沙紀の名前に胸騒ぎを覚えていた。

彼女はためらいがちに、けれどもはっきりと応えた。

「そのどちらも、つながりがありますのよ。写真は母の武子が祖母から引き継いだ新渡戸家の遺産のなかにあったものです。記念館のほうから貸して欲しいと母が頼まれ、五千円札の肖像に使われたのは結構なのですが、なかなか返してくださらなかったので母はやきもきしておりました。それでどんな風に展示しているのか拝見しに来たのです」

「そうですか、するとあなたは——」

八木沢は沙紀の顔をまじまじと見つめた。

目の前の女性、加藤沙紀は稲造博士に残された、たった一人だけの曽孫だったのである。まさに降って湧くような幸運だった。

新渡戸稲造の研究者にとって、加藤沙紀はどうしても会えない謎の人であった。八木沢自身も新渡戸家一族の有力者へ、加藤沙紀への面会の仲介をお願いしたことがあったが、すげなくことわられていた。彼女は学者や研究者との付き合いを一切こばんでいたのである。彼女が独り暮らしをしている世田谷の邸には、稲造博士の英文や和文の書簡、英文日記、随筆、評論などの文書が大量に所蔵されていた。研究者が世田谷文書と呼んでいるこれらの文書の資料価値は十和田の記念館の比ではなく、関係者にとって垂涎の的であった。

沙紀は八木沢をすっかり信用している様子だった。彼女の警戒心を解きほどいた出会いは有難かったが、沙紀のまなざしに一抹の寂しさも感じた。かれは新渡戸家一族の家系図を熟知しているので、偉人を先祖にもつ気苦労が沙紀の両肩にずっしりとかかっていることがわかる。さらに今、彼女のおかれている状況は決してのんびりしたものではないのである。

稲造とメリーの間には男子が生まれたが夭折し、夫妻はその後、子どもに恵まれなかった。新渡戸家本家を継いだ稲造はすぐ上の姉の子から養子をとり、さらにずっと年上の姉の孫を養女に迎えた。遠い血縁でもあるこの養子と養女の二人は結婚して、大正七年に誠、二年後の九年に武子が生まれた。誠は新渡戸本家の当主となったが、後を継ぐ子どもがいないまま昭和六十年に他界した。武子は新渡戸家を離れて加藤家に嫁ぎ沙紀を産んだ。子どもは沙紀一人だけである。沙紀は加藤家か、それとも新渡戸家本家を継ぐべきなのか、選択をずるずる延ばしたまま、稲造が遺した世田谷文書を抱えて取り残されていた。

こんなことが頭に浮かび、八木沢は立ちどまっていた。

「いやですよ、そんなに驚かれては」

沙紀は八木沢をうながし歩きだした。

整列していた園児たちも、先生や保護者に引率され進みだしていた。

「盛岡の会議というのは、稲造博士のことですか」

「そうです。新渡戸稲造のことをもっと日本や世界へ発信しましょうということで、わたくしにも出席の依頼がございましたの。ところが盛岡に着いてもまだ決心がつかず、山や川をながめて迷っておりました」

「依頼というのは、新渡戸基金ですか」

沙紀はかるくうなずいた。

新渡戸基金は平成六年三月に新渡戸稲造の精神を顕彰する目的で盛岡に設立され、稲造博士の業績の調査研究と研究誌や書籍の発行などを通して、新渡戸精神の啓発普及や国際理解教育の振興を図っている財団法人である。これまで内外の一流の学者が数多く執筆している研究誌は学会でも高く評価されていた。

昨年三月の東日本大震災の影響で規模を大幅に縮小したものの、二〇一二年の今年は新渡戸稲造生誕百五十年祭の記念式典、講演会、祝賀会などの行事があるので、運営費を賄う基金維持会は昨年から活動を活発にしていた。以前から基金の役員を引き受けている山野俊三は、このことで度々盛岡へ出かけている。

沙紀には基金維持会の名誉理事長に就任するよう、基金のほうからかさねがさね要請があった。稲造博士の曽孫であるから看板として申し分がない。

「それで、お引き受けになられたのですか」

「ええ、わたくしもこの際、勉強してみようと思いました」

あの日、名誉職を引き受け、そのことを稲造博士の銅像に報告へ行ったのだという。

森の出口までならんで歩いた。

「あら、うっかりしていました。タクシーを呼ばないと」

「七戸十和田ですか」

「ええ、新幹線を予約していますの」

「よろしければ、駅までお送りします。僕は奥州街道で青森へ帰りますので、駅は街道沿いです。三十分もあれば十分です」

「そうですか、助かります」

沙紀はすっかり安心した表情になった。

七戸十和田へ向けてクルマを走らせた。

三本木原は昔から風の強いところである。街道沿いには藩政時代の防風林があちこちにのこっていて、風雪に耐えたスギやマツの巨木が道祖神のように並び立っている。その防風林をいくつかやり過ごすと視界が広がり牧場が見えてきた。

沙紀は八甲田の山裾までつづく草原をながめていた。

それから顔を前へ向けて、自分のことを語り始めた。

新渡戸の家では代々、子どもは英語を学びながら育つ。加藤家も同様で両親は毎朝英字新聞を読み、母の武子はフランス語も堪能だった。沙紀は子どものころから、母武子の出である新渡戸家は周囲と違っていることを意識しながら育った。思春期になると、曽祖父稲造を絶対視する母が疎ましくなった。大学では英文学を専攻し、自由を求めて外資系の企業に就職すると日本を離れジュネーブで働いた。新渡戸家の家風と気位の高い母から解き放たれ、しばらくは自由な気分を満喫していた。ところがどういう訳なのか、ジュネーブで暮らしていると、新渡戸稲造という人物に関心を抱くようになった。日本や日本人について自分なりに考えるようになったからだが、すぐ近くに国際連合欧州本部があったことも大きい。

彼女は休暇がとれると足しげく本部へ通い始めた。写真入りの許可証を首から下げていると、どこでも自由に出入りすることができた。古文書室には連盟時代からの貴重な資料が数多く保存されている。レマン湖に面したこの部屋で一日、稲造博士に関する文書ファイルを読みふけった。そんな日々を過ごすなかで、曽祖父がはからずも世界中へ伝えることになった日本人論であり、社会的地位や財産をもつことで生じる義務（ノブレス・オブリージュ）を説いたといわれる著作〝BUSHIDO〟（『武士道』）を手にし、日本や日本人のことを考えた。そして繰り返し〝BUSHIDO〟を読むうちに、一つのテーマに行き当たった。幕末の南部藩士の家に生まれた曽祖父稲造は、いったいだれをモデルにしてこの本を書いたのだろう、ということである。

ジュネーブで抱いたこのテーマは、帰国すると彼女の頭の隅にしまわれたまま、容赦なく月日が過ぎ去った。新渡戸家本家を継いでいた母の兄は未婚のまま死去してしまった。それで母は娘の沙紀に新渡戸家本家を継いで欲しい、と懇願するようになった。独身の自分が継げば、伯父と同じく一族から養女か養子を迎えて本家を存続させることになる。それは先々の問題にしても、本家に入れば世田谷の自宅に所蔵されたままの大量の文書類をどうするか、気分のふさぐ心配事があった。

退職して暇になり、このようなことを思案していると、ジュネーブ時代のことが頭をもたげてきた。曽祖父の『武士道』のモデルは、幕末の南部藩士たちや祖父の伝、それに父の十次郎である。病死した十次郎を除き、みんな戊辰戦争で敗者となり、維新を迎えた人々である。『武士道』のみなもとでもある人々の生き方にふれてみる。これは新渡戸を継ぐ者の務めではないか、と沙紀は思うようになった。稲造基金維持会の名誉職を引き受け、さらに十和田を訪ねたのはこのようなモチベーションからである。

「お話しくださって、とても感謝しています」

八木沢は素直に気持ちを表現した。

「こちらこそ、こんな話、他人様には話せないことですもの」

沙紀はハンドルをにぎる八木沢へそっと頭をさげた。

前方に駅前の広い駐車場が見えていた。

駅舎のすぐ近くでクルマを停めた。

階段を上がり、待合室の前で二人は挨拶を交わした。

「南部藩士や新渡戸家の人たちのこと、教えてくださいね」

「分かりました。手紙を書きます」

「また、お会いしましょう」

沙紀が差し出した手を握り、

「再会が楽しみです」

と八木沢は応えた。


週明けの昼休み、山野俊三が研究室を訪ねてきた。

ドアが約束の三分前に軽くノックされ、ふりむくとスーツ姿の初老の紳士が立っていた。電話で何度か話を交わしていたが初対面である。

山野は十和田文化倶楽部で会えなかったことを改めて詫び、「マンデリンです」と手提げ紙袋をさし出した。八木沢が愛飲しているコーヒー豆だった。事前に調べていたようである。

恐縮し、礼を述べ椅子をすすめた。

「三本木平開業之記、お役に立っていますか」

と山野は黒縁メガネの奥のまなざしをやわらげた。

問われて、八木沢は病院の院長と対面している気がした。大らかなインテリジェンスがある。歳は郷里の山口にいる父と同じくらいだが、小身な公務員だった父とちがい、風格があり顔の艶もよい。

「三本木平は北緯四十度、長崎は三十度、蝦夷《えぞ》地は五十度だからちょうど真ん中、日本の中

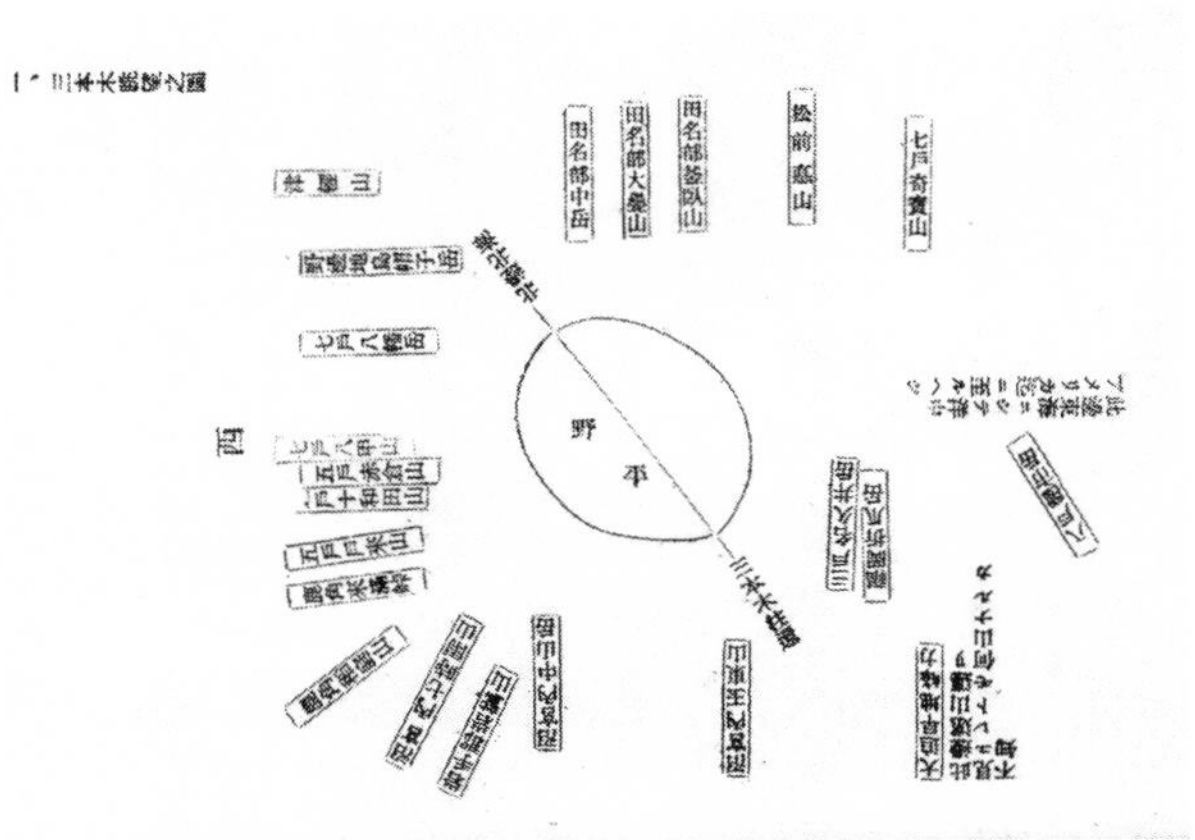

三本木眺望之図（「三本木平開業之記」所載）青森県立図書館提供

心だと冒頭に宣言しているところなどに十次郎の気概を感じています。一次史料の醍醐味を味わいながら十次郎と対話をしている気分ですよ」

とやや大げさに応えた。

「春は温、夏は暖、秋は冷、冬は寒、雪は十月末に降り二月初めになくなる。霜は九月末に降り三月末に消える。これ四季の中和に叶《かな》うと云うべし、と十次郎は三本木の自然を詩人のように詠ってますな」

と山野は「開業之記」の一節をすらすら暗唱し、笑みを浮かべた。

「三本木は天下の往還にして、南は五戸宿の代官所、北は七戸宿の代官所、何れも三里ほど道中平地同様なり。東西十里にして八戸の城下あり、この地東回りの海上運送をよくし、七戸より四里北にして野辺地湊《みなと》あり。これは西回り海上運送並びに松前への通い船の自在を極める、と地理の知見も確かです。十次郎は三本木平の産物を船で江戸や大坂へ運ぶことにしていた」

八木沢も諳《そら》んじて、熟読していることを知らせた。

山野はうんうん、と頭をしきりに上下させ、

「土地は広大なるがゆえに、はしらぎ土（乾燥土）、ねば土、どろ土、はせ土、のふく土（やせ土）いろいろありて、土性は定まらず、と地味の分析もしっかりしている。もう立派な農政学者ですな」

と十次郎を褒《ほ》め、開業の成否を左右する上水のことを話した。

南北八里、東西十里の荒野に十和田湖から新たな水路を造り、米作十万石の農地を造成した上で、産業を興し都市を造る壮大な構想を十次郎は抱いていた。山から引いてきた水が三本木原への出口となる地点に鞍出山があるので、構想を実現させるため鞍出山へさらにもう一本、第二の穴堰を通すことが必要だった。しかし十次郎の死と明治維新による南部藩の消滅で、第二の穴堰は完成を間近にして中止となり、放置されたままになっていた。

鞍出山の所有者である山野は、専門の業者を入れてこの穴堰を歴史体験施設として整備するつもりである。穴堰の内部を見学できるようにコンクリートで補強し、地下に溝をつくって配水する工事は終了していた。現在建設中の管理棟には、十和田開拓の歴史と開拓に携わった人々を紹介する学習室を開くことにしている。

「いやいや、挨拶もそっちのけでこんな話にお付き合いさせて、これはいけませんな」

山野はいかにも楽しそうに頭をかいてみせた。

十次郎を語りだすと、延々朝までつづきそうだった。

緊張がとれて、十年来の知己といる気分である。

山野の方から話題を変え、盛岡へ出かけたことにふれた。

「稲造基金は、大震災の復興へお役立てしようと昨年に続いて今年も寄付をします。それで稲造博士生誕の祝賀行事の再検討も含め、盛岡に役員が集まったわけです。御承知のとおり三陸のほうはまだまだ手もつけられない状況ですから」

「そうでしたか、基金がお役に立てば、稲造博士も喜ばれます」

「それが先生、有難いことに博士の曽孫の加藤沙紀さんが基金維持会の名誉理事長に就任してくださり、寄付金も集めやすくなりました」

「加藤沙紀さんが、名誉理事長ですか」

知ってはいたが、八木沢は意外そうにいった。

「新渡戸家の本家直系ですから、それはちがいます。会議で初めてお会いしましたが、雅な雰囲気をもっておられる。これだけは努力では身につかんもんです」

と山野は加藤沙紀の印象を話した。彼女と交流のある研究者はなく、深窓の令嬢とも言われていた。山野も本人に会えたことは大きな収穫のようである。

八木沢は思いきって明かした。

「実は先日、鈴蘭山で加藤沙紀さんにお会いしました」

「鈴蘭山で？　それは先生、約束でもされていましたか」

山野は腑に落ちない顔になった。

「偶然、たまたまです。沙紀さんは僕のことを知りませんから、奇遇というのも変ですが、彼女の表現を借りると大木の精霊のおかげだそうです」

「なるほど、コナラの精霊ですか」

山野は孫のいたずらを見つけたような表情をした。

盛岡で見かけたことには触れず、鈴蘭山でのことを話した。

つい先日のことなのだが、遠い昔のことのような気がする。

「沙紀さんは新渡戸家本家を継ぐことになると思いますが、世田谷文書のことで悩んでいるようです」

と八木沢が話しをまとめると、山野は腕を組んだ。

「世田谷文書か。これまで基金の方へそのような相談があったとは聞かないな。世田谷文書は今ではもう文化財ですからな、いつまでも個人的に所蔵しておくわけにはいかんだろう。委託、寄託、贈与といろいろあるが、どこへどのような形で手放すか、沙紀さんは相談相手もなく悩んでおられる」

山野は名誉理事長をファーストネームで呼んで親しみを滲ませ、彼女と世田谷文書の心配をした。

この世田谷文書については十四年前の平成十年(一九九八)九月に新渡戸基金が発行した「新渡戸稲造研究」第七号に、沙紀の母の加藤武子が回想「新渡戸家のことども」を発表し、このなかでつぎのように書いている。

(前略) 密度の濃い歴史をもった新渡戸稲造家の遺族二人(注・武子の兄の新渡戸誠と母新渡戸こと子のことで、共に三年前に相次いで死去した)を看取った私は、万感胸に迫り滂沱たる涙を幾日も禁じ得なかった。胸はり裂ける思いのなかで兄と母の夫々の住まいを片付けていると、母の押し入れの奥に台湾時代からいくつか稲造家にあったと言っていたキャンファーボックスの一つが残されていた。実に懐かしい箱で、悲しいほど一家の思い出が染み付いていた。

長さ約八十五センチ、奥行き四十五センチ、高さ四十センチで、前述のティンボックス(注・新渡戸こと子が所有していた別の収蔵箱で、なかには稲造夫妻の明治・大正・昭和にわたる英文日記と文書類が納められていた)よりやや深さがある。

キャンファーボックスのなかには、またもや新渡戸家の明治・大正・昭和にわたる一家の和文、英文の夥しい手紙、稲造の兄弟姉妹の詠んだ和歌、要人からの信書および書簡、祖父母と父孝夫(こと子の夫)の交わした英文書簡、近衛三連隊入営中の父から母への英文はがき数十枚、五メートル半に及ぶ巻紙に書かれた新渡戸七郎(稲造の長兄)の手紙、太田時敏から稲造あての手紙十数通、一八八九年（明治二十二）七郎没直後、稲造が養家太田から実家新渡戸に復帰復籍する折りの公文書、その時の家族会議と親族各人のコメント、次兄道郎が稲造に書いた夥しい手紙、一八七一年（明治四）八月に新渡戸道郎と稲造兄弟が太田時敏伯父を頼って上京する時、盛岡の役所に提出した文書（各々捺印されている）、稲造の姉たちからの手紙、海外から稲造家の家族一人ひとりに発信された祖父母からの夥しい書簡、国際連盟事務局勤務時代の各国人よりの書簡、私の命名に関する祖母の意見などがつめ込まれていた。

世田谷文書はいまだに一片たりとも公開されていない。武子はその内容を詳《つまび》らかにしたものの、自宅に所蔵したままであった。憶測ではあるが、十和田の新渡戸家文書が私物化されてしまったことが、世田谷文書の公開を慎重にさせている、というのが稲造研究者のもっぱらの見方であった。

稲造博士の英文日記や、養父太田時敏の手紙、それに国際連盟時代の書簡などは喉から手が出るほどの研究資料である。

二人は同じ思いに沈み、しばらく会話がとぎれた。

八木沢は席を外し、ポットの湯を急須へ注いだ。緑茶を淹れて、山野の側の小机に置いた。その間、壁に貼りつけてある稲造夫妻の写真へ目をむけていた山野は、茶を一口飲むといった。

「五千円札の肖像はこれですな」

「ええ、そうです。本からコピーしたものです」

「十和田の記念館は、この実物を展示してますな」

「ああ、その写真でしたら、記念館が加藤武子さんからお借りしたままだったそうです。展示では写真は記念館の所有となっているので、記念館を見学した沙紀さんは口惜しい思いをしたようです」

「そうですか、あの写真、私はてっきり記念館のものだと思っていましたが、世田谷からの借りものか。いけませんな」

意外そうにいうと、座りなおし、

「実は今日、先生をお訪ねしたのは、記念館のことで一つお知らせしたいことがございました」

と改まった口調になり、表情をひきしめた。

「大震災以後、古い建物の耐震診断をあちらこちらでやっとります。十和田の記念館は竣工が昭和四十年ですから、市のほうではこの際、建物の耐震診断をしたい、と館長さんに相談をもちかけたところ、断られましてね、市が弱っとります」

「断ることでもないでしょう、どうしてですか?」

耐震診断は行政の指導で官民を問わず行われている。大学では耐震化の工事もはじまっていた。

「大震災では青森でも建物の被害がだいぶありましたが、記念館はまったく何の被害もなかった。東大の教授が設計したものだから安心安全、必要がないということです」

と山野は館長の言い分を伝えた。

「記念館は鉄筋コンクリートの二階建てでしたね」

「そうです。延床面積は約百十坪、こじんまりしています」

「市の建物だから、費用は当然市が負担する。診断をすれば安心ですよ。かりに問題があって耐震化工事となっても記念館は費用を出すことはないでしょ。工事の間、休館は仕方ないとしても、記念館としてはそれこそ安心安全ですよ」

と八木沢は記念館のメリットを説いた。

「先生のおっしゃる通りですが――」

山野は応え、言いよどんだ。

「他に何か、ありましたか?」

「先生だからお話しします。市が記念館に耐震診断をもちかけたのは、根深い問題がありましてな、三本木原開拓の歴史と十和田新渡戸家のことが絡んでおります。まあ市としてもなれ合いにしてきたこの問題を放置することができなくなった。問題の解決は新たな時代へ向けての転換点になる、と考えているわけです」

「なるほど、転換点ですか」

記念館についての噂をうすうす耳にしている八木沢は、耐震診断を持ちかけた行政側の意図を深読みできないでもなかったが、山野からの説明を待った。かれは慎重に言葉を選びながら、次のように話した。

市が記念館の建設にふみきったのには、開拓の祖である新渡戸伝を尊宗する市民の思いが背景にある。また稲造博士の遺品もたくさんあるので、観光にも役立てたいという目的もあった。

市は十和田新渡戸家の当主を館長にして、館長と学芸員二名の給料、施設維持費、そして新渡戸家文書の賃借料を市の予算から毎年、四十七年間にわたって支出してきた。ところがここ最近になって、十和田新渡戸家は自分の財産の管理費や賃貸料を多額の税金でまかない、高額な給料までもらっている。新渡戸家文書を私有するかぎり、公金で管理することは許されない、とする声がしきりと上がるようになった。もっともなことである。

手をこまねいていたところ、大震災をきっかけに耐震診断という妙案が浮上してきた。今後予測される大地震で倒壊の恐れがあるとの診断が出れば、記念館はただちに休館とする。そして補強工事はせず、市議会に諮って記念館廃止条例を可決する。廃止に際し、市の求めに応じて新渡戸家文書の寄贈があれば、市は名称を変えて別の場所に敷地を確保し、三本木開拓と新渡戸稲造を顕彰する施設を新しく造る、という構想である。耐震診断をおこなうことが前提であるが、記念館のコンクリートの強度は現在の基準を満たしていないことは十分に予測されていた。従って診断をすれば、休館から廃館という道筋がみえており、館長としては受け入れることができないのである。

「時代がすっかり変わりましたから」

八木沢は廃館に賛意を示した。生前、稲造博士が願っていた新渡戸文庫の法人化が、形を変えて実現しようとしている。

「財政はひっ迫していますからな、お手盛りの時代はとっくに終わっています」

と山野は事業家らしいことをいった。

「館長の反対を押し切ってまでやるとなると、反対する人たちも出てくるでしょう」

「騒ぐのが仕事みたいな輩はどこにでもおります。記念館の建物自体は市のものです。館長はいつまでも反対するわけにはいかんでしょ。先生はお分かりですがこの問題の本質は別のところにある。じっくり話し合えば、落としどころはあります」

「新渡戸家文書のことですか」

「まったく、その通りです」

山野は力強く頷き、湯呑の茶を飲み干した。

「館長は苦しいお立場ですね」

「市はあくまでも寄贈を期待しております」

「館長としては条件次第ということですか」

「そういうことです」

と山野が応え、八木沢はふっと思った。

「ひょっとして山野さん、両者の仲介をなさるおつもりですか？」

「いやいや、それは何とも、ここでは──」

と山野は歯切れが悪くなった。

一緒に研究室を出て、駐車場まで並んで歩いた。

ここ数日梅雨空がつづいていた。どんより暗鬱な空へ向けてタチアオイが咲いている。カフェテリアの前庭は学生たちがあふれている。

歩きながら、加藤沙紀のことがふたたび話題になった。

彼女は、『武士道』のモデルとなった南部藩士のこと、なかでも伝、十次郎、あるいは太田時敏のことを知りたがっていた。そのことを話すと、

「いかにも新渡戸家のご令嬢らしいことですな」

と山野は応じ、あとは黙々と駐車場の方へ足を速めた。

黒塗りの高級車の前で立ちどまり、山野はいった。

「稲造博士こそ、もののあはれを知る武士の礼賛者ですよ」

「もののあはれを知る武士ですか」

「ええ、そうですとも」

山野は大仰にうなずくと、手短に説明した。

南部藩は貧しかった。歴史は飢饉と一揆の連続だった。その終末が戊辰戦争の敗戦である。稲造博士の武士道を知るには、新渡戸一族に流れている敗者の精神を知る必要がある。博士は日本人特有の情緒やセンチメントを賛美したが、それは敗戦の憂き目にあった南部藩士に典型的に見られることなのである。

八木沢は改めて山野の見識に敬意をもった。

「敗者の精神と、もののあはれが稲造博士の武士道の根底にひそんでいる、というのはユニークな着眼ですね。沙紀さんは新渡戸一族に流れる武士道を理解することで、世田谷文書の取り扱いを決めようとしているようです」

「ほう、それは十和田とえらい違いますな」

山野はあてこすってニヤリとし、クルマのキーを手にした。

「十和田までお帰りですか」

「いや、夏はふだん十和田ではなく、ここ青森市内の事務所にいます。これから山ですよ。ここからクルマで二十分ほどですな」

山野はドアを開けてクルマに乗り込んだ。

山というのは、山野がオーナーである名門ゴルフ場のことで、かれは夏の間は昼からクラブハウス内の執務室にいることが多い。

「南部藩士の名簿がありますよ。ご都合がよいとき、クラブハウスでランチでもいかがですか」

と山野はさりげなく誘った。

八木沢がゴルフ場を訪ねたのは、月末の土曜日だった。陸奥湾を一望できるレストランでランチを済ませ、二人はすぐに執務室へ場所をうつした。

新渡戸稲造全集と博士の弟子だった著名な学者たちの著作が棚に並んでいて、事業家の仕事場とは思えない部屋である。歴史は教養本から専門書までそろっている。洋書もたくさんあった。

山野はアメリカの公立の名門であるイリノイ大学に留学して学者の道を歩んでいたが、父親が急死したため家業を継いだ。時代を先取りして創めたセレモニーホールは、従来の冠婚葬祭のスタイルを刷新してブームをつくり大成功だった。その後、さまざまな分野へ事業を広げていたがバブル経済が去ると、事業の柱を本業の林業と不動産経営に切り替えた。資産は豊富で経営は順調である。ただ残念なのは後継者がいないことだった。子息は東京の大学病院の教授と開業医なので、二人とも事業を継ぐ気は毛頭なかった。

社長と専務が挨拶にあらわれ、八木沢は名刺を交換した。

二人が退室すると、山野は書棚から名簿を抜き出し机上に置いた。

〈南部藩武道名鑑「忌辰録」〉と表題がある。

最後の戊辰戦争となった秋田戦争で生き残った南部藩のある剣客が、武道各流派の藩士を調べて編さんしたものである。明治四十一年に活字となって少部数出版されていた。この名簿には兵学、剣術、槍術、柔術、長刀などの武芸十八般がすべて網羅されていた。記載されている藩士は七百名近くに達している。

人名を辿っていた八木沢の目がとまった。

表紙をめくってすぐのところである。

謙信流兵学高弟の人名の最初に新渡戸伝とあった。そしてその二名あとには、新渡戸十次郎と記されていた。数頁めくると、剣術戸田一心流師範取立の初めに太田錬八郎の名前があった。錬八郎は伝の三男で太田家へ養子に入った時敏のことである。さらにめくっていくと、一心流高弟のなかに鉛筆で傍線を引いた人名が目にとまった。楢山《ならやま》佐渡《さど》である。

八木沢はいくぶん重苦しい気分にかられながら顔を上げた。

記された人名を藩士たちの墓標のように感じたのだった。かれは子どものころのことを思い出していた。郷里の下関では高杉晋作の墓がある寺で遊ぶことがよくあった。境内には戦没した奇兵隊員の墓標がずらっと並び特有の雰囲気を醸《かも》し出していた。歴史好きな東北人ならだれでも知っている楢山佐渡は、山口の高杉晋作に相当する人物なのだろうか。ただ武士道ということでいえば、高杉は少しちがう気がする。

山野はおだやかに話しを始めた。

「明治元年十二月、維新政府から藩主利剛に対して、盛岡の城地召し上げの上、岩代国白石へ移るように達しがありました。生き残った藩士たちは家財を売り払い、従者家来には暇をとらせ、盛岡から二百キロ南に離れた元仙台領の白石まで、五十里の道のりをとぼとぼと移っていくわけです。まさにバビロン捕囚にも似た流浪の旅、この時から辛酸の日々が始まるわけです。先生もお読みだと思いますが、稲造博士は幼少期をふりかえった随想『幼き日の思い出』のなかで、このころのことを少し書いていますね」

八木沢は大きく何度もうなずいた。

『幼き日の思い出』は、稲造が国際連盟に勤務していたころに書いた英文の著作で、日本語版は稲造の死の翌年の昭和九年、メリー夫人が「はしがき」を書いて丸善から出版されていた。昭和六十年に発刊された新渡戸稲造全集第十九巻には、令孫の加藤武子の翻訳でこの随想が収録されていた。八木沢はこの全集のほうで読んでいる。

少し話を戻すと、盛岡藩は奥羽越列藩同盟から離脱し、官軍側に寝返った秋田を討つか討たぬかで藩論は二つにわかれていた。官軍側に抗して秋田へ出兵すれば藩を滅ぼすことになる、と列藩同盟に反対する意見も根強かった。京都警護の勅命で上洛していた筆頭家老の楢山佐渡は、維新政府の中枢部にいる下級武士への不信感を胸に秘め、明治元年七月十六日に盛岡へ帰って来る。そして藩論をとりまとめると、佐渡は秋田討伐に踏み切った。この秋田戦争では時敏も目付参謀役で出陣し、大舘城をめぐる攻防では人やぐらを組み、東門から一番に入城という手柄を立てている。しかし官軍は大軍をもって反撃、佐渡の指揮する南部軍はまたたく間に壊滅し敗退する。

盛岡が官軍に占領されたのは、十一月八日だった。

秋田戦争の首謀者の楢山佐渡は捕縛され、「奸徒重罪の者」として東京へ護送される。時敏は裁きをまぬがれ盛岡で佐渡を見送った。

占領軍が盛岡に入ってきた時のことを、稲造は次のように書いている。

私は、故郷の町が降伏した時をよく覚えている。私たちは深い屈辱を覚えた。いきり立った人々は反撃に出ようと騒いだが、南北共に同じ西洋文明の勢力の脅威にさらされている事態上、勤王軍との和と協力が必要であると訴え、はやる人々を鎮める分別ある協議が功を奏し、事なきを得た。私の身内の者は皆この敗北に深く心を痛めた。叔父は特にそうであった。

山野は静かな口調で話を続けた。

「南部藩の敗戦は稲造博士が七歳のときです。官軍に占領された町の様子が生々しく記憶に残っているわけですな。東京へ護送される楢山佐渡の竹駕籠を、見送りの人々の列にまじって目にしたでしょうな。盛岡の屋敷町から追放され、白石へうつる藩士の家族たちの行列も見ている」

八木沢は話にわって入った。

「もし実際に見ることはなかったとしても、母や養父の時敏から、この屈辱は忘れてはならぬ、と何度も聞かされているはずですよ」

「ええ、その通りです」

「もの心が付いた少年にとって、強烈な原体験ですね」

山野は立ち上がり、書棚から岩波文庫の『武士道』を抜き出して頁をめくりながら、

「私がいうまでもなく、博士の武士道は日本人の道徳や人生観、それに美意識を対外的な啓発書として説いたものでありますが、これには敗戦という博士の原体験が色濃く反映されている。私はそのようにとらえています」

「つまり、武士道の根っこにある無常観……」

言いよどんでいると、

「そうです。そして強調すべきは美意識ですよ。私たち日本人が好きな桜に表現された、もののあはれです。私はですなあ、ここの文章がとても気に入っています」

山野は文庫本を八木沢の方へ向けた。

そこは、定規で赤色の傍線が引かれていた。

ヨーロッパの人々は、バラの花を好む。華やかな色彩と濃厚な香り。しかし、その美しさの影に刺を隠しもつ。枯れるときは、枝についたまま朽ち、生への執着と死への恐れをあらわしているかのようだ。一方、私たち日本人が愛するのは、桜の花だ。淡い色彩とほのかな香り。その美しさの下に、刃も毒も隠してはいない。散る時の潔さは、まさに死を恐れない武士道の精神そのものである。

いかにも山野が気に入りそうな表現である。

楢山佐渡の散り際はどうだったのであろうか。

東京の南部藩の菩提所の金地院に幽閉されていた楢山佐渡は、静かに死を待っていたと伝えられている。明治二年五月十四日、軍務官から東京の藩邸へ「反逆首謀者」として佐渡を吻首《ふんしゅ》するとの沙汰があった。藩邸は盛岡で刑を執行することを願い出て赦され、佐渡は郷里へ護送された。六月七日夕刻に駕籠は盛岡へ入った。出迎えた大勢の人々はみな目に涙をうかべ、すすり泣く声は往還に満ちた。だれひとり佐渡を恨む者はなく、駕籠が過ぎると、「佐渡さま、おいたわしいことでございます」と突っ伏し嗚咽《おえつ》した。佐渡はこの日、報恩寺に幽閉された。そして二週余り過ぎた二十三日の未明、報恩寺の中央大広間内に整えられた刑場で佐渡は切腹、吻首された。享年三十九であった。介錯は戸田一心流の同門で、佐渡が日ごろから目をかけていた若い藩士であった。

佐渡は立ち会った小監察に、用意していた辞世の歌を渡した。

花は咲く　柳はもゆる春の夜に
うつらぬものは　もののふの道

うつろいゆく人の世に、一徹に貫いてきた武士道ではあったが、時代に取り残されてしまった無念と哀しみが胸をつく歌である。維新政府をつくったのが薩長の下級武士であり、かれらが導入した西洋の兵器や戦術にもろくも敗れ去ったことこそ、諸行無常そのものであった。

先の稲造の随想には、佐渡の切腹のことが書かれている。

武士の死は、散る桜の花びらのようにはかなく美しい。

「稲造博士は楢山佐渡の最期を何度となく聞かされて育った」

「そうです。何かにつけ、時敏から聞いていたはずです」

山野は声を強め、ここぞとばかりに付け足した。

「博士のジュネーブ時代からさらに五十年近い昔の回想ですから、事実と異なっているところもありますな。まず何より、時敏が介錯を官軍から依頼されて断った、ということはあり得ません。私もここのところは疑問に思って、岩手県立図書館に閲覧を願い出て、政府の軍務官が書いた楢山佐渡処刑始末書を調べたことがあります」

「処刑始末書ですか」

初めて耳にする資料である。

「図書館にあるのは写本ですが、処刑執行後に政府へ提出されたものです。和装本の二十七丁にもなる長大な記録ですよ。東京から盛岡への護送とこの間の衣食のこと、報恩寺での処遇と警護の委細、刑執行に際して用意した品々、刑場の詳細、それに役職名と人名がすべて記録されております。その人名も大変な数ですな。介錯人だけでも主が一人、副が十人、合わせて十一名の名前がありました」

と山野は記憶をたどりながら説明した。

「介錯人に時敏の名前はなかったわけですね」

「ありません」

即答し、少し間をおくとつづけた。

「実際に介錯をした若い藩士は、切腹との沙汰が藩邸へ届いた際に、自ら介錯を申し出たと伝えられております。従って軍務官が時敏に命じるまでもなかった。介錯人の代役である副の十人にも名前がありませんから、時敏が佐渡との関係を脚色して話したということでしょう」

山野は口元に笑みを浮かべた。

先の随想は、このようになっている。

私の叔父は切腹を命じられた人の幕僚であり、個人的にも友人であったので、介添役を頼まれた。彼はこれをきっぱり断り、勤王軍の司令官にほぞを噛ませた。叔父はこの命令に激しい怒りを感じていた。彼が目撃した薩長の連中の多くの残忍な行為も、ここに極まったと叔父は思った。

山野の微笑は、事実は異なっていても、そんなことはたいしたことではない、と語っているようだった。南部藩士の血を引く者として、敗戦によって受けた一族の悲嘆を稲造も自分のものとして受け止めている。そのことこそが重要なのだ、と山野は思っているようである。新渡戸家は白石へ移住することなく、盛岡へとどまっている。それは、三本木平の開拓を統括していた当主の新渡戸伝が、敗戦に際して領地の引受引渡御用掛の大役を担っていたからである。

伝は維新の動乱の渦中、政府側との交渉のため東京をはじめ各地へ出向き多忙な毎日を送った後、明治二年十二月に七戸藩大参事に任じられ、ようやく三本木の開拓会所に腰を落ち着けることになる。孫の稲造が、この敗北に特に深く心を痛めた、と書いている時敏は伝が七戸大参事になるのと前後して盛岡を離れ、東京へ旅立っていた。

「ところで、沙紀さんのことですがね」

と、山野が話を現実に引き戻した。

「武士道のモデルというなら、まず楢山佐渡ですよ。先生の方から少し道案内をされたらどうでしょうか」

「この僕が、ですか。楢山佐渡の――」

沙紀婦人に手紙を書くことにしてはいたが、佐渡のことはまったく門外漢である。山野の方が知識も理解もずっと上だった。八木沢には少し荷が重い。

気配を察して山野は説きつけた。

「何も難しく考えることはありませんよ。秋田戦争と辞世の歌、この二つを紹介すれば十分だと思います。聡明な方だから、あとはご自分で学ばれるでしょう」

「でしたら、報恩寺も紹介しておきます」

「いいですなあ、あの方ならきっとお訪ねになると思いますよ。本堂は焼失してしまいましたが、佐渡さんの最期の地ですからね、訪ねるだけのものはあります」

と山野は自信ありげに言いきった。

ゴルフ場からの帰りに、八木沢は大学の図書館で楢山佐渡について書いた本を三冊借りて自宅のマンションで拾い読みした。一冊は全国的な出版社、あとの二冊は地方で出版されたものだった。いずれも「官軍史観」に対峙する立場から書かれていた。講談風で話は面白いが、筆者の思い入れが強く、沙紀婦人へ紹介することは控えた。日曜日の午後、大学へ出かけて研究室で彼女へ送る文書を作った。読んだ本の内容にはふれず、山野と話し合ったこと、といってもほとんどが彼から聞き知ったことをまとめてパソコンに打ち込み、印刷した。

七月に入った二週目の月曜日、研究室に返信が届いた。

時候のあいさつにつづいて、さっそく報恩寺を訪ねたことが記されてあった。山野の見通しの通りであるが、違うのは彼女の関心が楢山佐渡よりも、寺の「羅漢堂」へ向けられていたことだった。ここには五百に一つ少ないさまざまな表情の羅漢像が祭壇の周囲の壁にびっしり安置されている。沙紀は一歩足を踏み入れて、居並ぶ羅漢の迫力に気おされ立ちすくんでしまったと記し、次のようにつづけていた。

死別した肉親にそっくりな羅漢様に会えるとのことでしたので、わたくしは、それはそれは時間をかけ、一尊一尊拝観致しました。最初は近しい肉親の姿を探しておりましたが、いつしか新渡戸伝、十次郎、それに時敏はどのような顔立ちだったのだろう、と羅漢様にその面影を求めておりました。

曽祖父稲造の慈愛あふれた顔、時敏は謹厳実直、十次郎は勇断怜悧、そして伝は柔軟不屈と手前勝手な思い込みをそれらしき羅漢様のお顔に重ねながら、自分はどのような顔をしてこれまで過ごして来たのだろうか、と思うことしきりでございました。鈴蘭山で先生とお会いした時、わたくしはコナラの大木を一心に見つめておりましたが、そんなわたくしを先生はどのようにご覧になったのでしょうか。

せっかく報恩寺へ参りましたものの、わたくしの関心は武士道から離れ新渡戸家のことに注がれておりました。世田谷の私邸の文書のこともあり、羅漢堂を後にすると、新渡戸家の先祖代々の墓石がある久昌寺へ参詣しました。

訪ねるのは小学生のころ、両親と一緒にお参りして以来のことでございました。塀囲いをした墓所のなかに、稲造の曽祖父母である維民《これたみ》夫妻、祖父伝夫妻、父十次郎夫妻、それに稲造の兄姉家族の墓石が昔のままに残されております。訪れる人の気配は感じられず、墓標は静かに立ち尽くしておりました。

伝や十次郎が三本木平に見た夢をわたくしも見てみたい、と願っております。お導きくださいますようご期待申し上げます。


八木沢はさっそく山野の携帯へ電話をいれた。

手紙で返信があったことを報せ、要旨を伝えた。

「沙紀さん、思った以上に本気ですな」

「いろいろお考えのようです」

「先生は信頼されているから、道案内を頼みますよ。私は記念館のほうを進めます」

と山野は役割を決めているようだった。

「記念館、何かありましたか」

「耐震診断をすることになりますよ」

「それはよかったですね。よい方向です」

安堵すると、電話の向こうで山野は声を強めた。

「いやいや、これからひと山もふた山もあります」

「基準は満たしていない、とのことでしたが」

「その判断、館長は納得せんでしょうな。裁判になります」

「裁判ですか――」

「本音は条件次第ということです。それよりも先生、沙紀さんのこと、よろしく」

と山野は自信がありそうである。

「世田谷には、山野さんからいただいた『三本木平開業之記』を再度コピーしてお送りしようと思っていますが、よろしいでしょうか」

「それはいいですな、じゃあ私の方は基金維持会の理事長に就任してくださったということで、『三本木開拓誌』三巻を全部、送っておきます」

「開拓誌ですか、読むとなると大変です」

「なに、積読だけで三本木にいるような気分になれますよ。中身の解説のほうは先生におまかせします」

山野は決まりきったことのように云った。

八月から大学は夏休みに入った。

八木沢は近くの温泉で寝汗を流し、髭をそった。マンションに帰り、グラノーラに牛乳をかけて遅い朝食を済ませた。それからマンデリンの豆を挽き、コーヒーを三杯分つくって一杯は呑み、あとはボトルに入れた。身なりを整えて外廊下へ出ると、エレベーターでエントランスホールへ下りた。大きな窓から日がさしこんでいる。駐車場へ歩きながら、胸が高鳴るのを感じた。

新青森駅で沙紀と再会した。

彼女は濃いブルーのワンピースに同色のショートブーツを穿き、手にはボストンバックを提げていた。それにネックカバーのついたつば広の帽子は真夏の旅支度そのものである。

八木沢はボストンバックを受け取り歩き出した。

「無理をおかけしたみたいで、ご免なさいな」

「いいえ、十分なご案内ができるかどうか、心配です」

すでにメールで、行き先の打ち合わせをすませていた。

青森から陸奥湾に沿って野辺地まで走り、港で昼食をとった後、陸奥湾を左に見ながら下北半島を北上し、むつ市の大湊を通り、その先の川内へ行くことになっていた。下北の地の木材は江戸の昔、南部藩の重要な財源で川内はその積出し港であった。野辺地まで一時間、そこから川内までさらに二時間、およそ三時間かけ、クルマで陸奥湾を半周することになる。川内で一泊して、明日は十和田まで一気に走り、文化倶楽部で山野と会い、三人でランチを摂ることになっている。

行く先の川内は、新渡戸伝の生涯の転機となった土地である。

藩政改革に異を唱えた伝の父維民は藩主の勘気にふれ、安政三年(一八二〇)十二月、家禄を半分取り上げられ川内へ配流された。伝が二十八歳のときである。

この災難に際して伝は一大決心をする。新渡戸家が代々二百年暮らしてきた花巻の屋敷を売り払い、母、妻、長女、そして生まれて間もない長男十次郎を連れ、父のあとを追って川内へ移り住むことにした。下男二人を連れた一行は、十二月二十五日に花巻を後にして、雪まみれになりながら人気の絶えた街道をひたすら歩いた。盛岡、渋民、沼宮内、三戸、三本木、野辺地を経て、年の明けた正月三日、十日間かけて寒風吹きすさぶ川内へたどり着いた。

伝は一家を養うために小商人から手ほどきを受け、陸奥湾沿いの村々を回り小間物を売り歩く行商をして資金を貯めた。その後、材木商からその才覚を見込まれて江戸へ出かけるようになり、深川の材木問屋との間で大きな取引が始まった。十和田湖周辺の山々にはケヤキ、ヒバ、カツラの良材が無尽にある。伝は自ら信州へ出かけて山から角材を搬出する方法を習い、さらに駿河へ行き木材の川流しの方法を学んだ。木こりと杣夫《そまふ》を雇って十和田の山から木材を切り出し、奥入瀬川へ流して八戸の港に集め、船で江戸へ運搬して売りさばき、富をなした。

伝が商人をやめ、人馬役割を拝命して藩政に復帰するのは天保九年（一八三八）のことで、四十六歳になっていた。その後、伝の融通無碍《むげ》な発想と行動力は幕末期の藩政の要所で力を発揮することになる。なかでも三本木平の開拓こそ、伝が後世へ残した国家的な大事業となった。

山野が沙紀へ贈った『三本木開拓誌』三巻は、伝が安政二年から死去する直前の明治四年九月下旬まで、三本木原台地開拓の詳細を中心にした身辺雑記である。

この日録は稲造が従弟の太田常利へ預けた資料のなかにあり、新渡戸文庫内に何十冊も大福帳仕様で綴じられたままになっていた。昭和十三年二月、農林省の研究機関だった積雪地方農村経済調査所が桐箱に入っていたこの日録を見つけ、世に出すことを常利に提案した。常利は三年余りかけて日録の御家風文字を一字一句解読し原稿用紙に転記した。調査所は常利の労苦と要望に応え、戦前の昭和十九年から戦後の二十二年の四年間をかけて日録を編纂し、上・中・下の三巻に分け、『三本木開拓誌』のタイトルで刊行した。さらに五十五年には十和田市の有志が復刻刊行会をつくり、研究と普及を目的に復刻版を上梓した。沙紀に贈られたのはこの復刻版であるが、全巻で二千頁に迫る大著である。

漢字ばかりがならび、読むのには大変な根気と時間がかかる。

伝の誕生から川内への移住、そして富を築いた材木商人の時代までは、再び藩に出仕し藩政に携わるようになってからの記述と比べると随分簡略だが、それでも四十頁ほどある。

先日、沙紀はちょうどここまで読み終えた、とメールで知らせてきた。

それで八木沢は、昭和三年八月のことだが、稲造博士が川内町を訪れていることを返信した。祖父伝の長女(稲造の伯母)が十一歳のとき、一家が辛酸をなめたこの極寒の地で病死し、村の泉龍寺の墓地に埋葬されていた。稲造のこの川内訪問は、遺骨を盛岡の久昌寺へ移すことが目的であった。

かれは以前、泉龍寺へ調査に出かけ、住職から稲造と町の有力者が並んで写っている集合写真を見せてもらったことがあった。この写真のなかに太田常利がいたことも伝えると、沙紀から電話があった。

「太田常利って、開拓誌を最初に翻刻した方ですね」

「そうです。本のはしがきに、功績を記し、名前があります」

応えながら、住職から聞いたことが脳裏をよぎった。

住職は集合写真に写っている人物の紹介をしながら、

「この常利さんは博士の腹違いの従弟ということですが、博士は常利さんとの血縁を疑っていた、とそんな話を先代から小耳にはさんだことがありますよ」と漏らしたのだった。常利の実母のわかは元治元年(一八六四)生まれであるから、伝は七十二歳の高齢で娘の父親になっている。それで邪念のある噂話が三本木村で面白おかしく語られていたのだろう、と八木沢は思い、気にもとめず聞き流していた。クリスチャンで人を疑うことのなかった博士が、そのような下世話な話に耳を貸すことなどありえない。

少し間があり、沙紀はその常利のことをいった。

「母の武子が新渡戸文庫のことがありましたので、余り良いように申してはなかったのですが、それでも伝への思い入れはあった方ですね。伝の日録は膨大な量ですし、字を読み解くのは大変だったでしょう」

「翻刻だけに毎日専念しても、三年以上は十分にかかります」

「まあ、大変なお仕事ですこと！」

と沙紀は感嘆し、ひと呼吸おくと訊いた。

「稲造が依頼したのでしょうか」

八木沢は携帯電話をもちかえると、説明した。

「博士は新渡戸家文書を私物化しないよう事あるごとに常利を諭していたようですから、日録を世に出すこともつねづね話題にあがっていたと思います。新渡戸文庫の法人化は困難なので、常利は日録の翻刻で博士の気持ちに応えようとした、と考えるのが自然ですね」

「稲造は三本木とできるだけ距離をおこうとしていた、と母が申しておりましたが、常利は例外だったみたいですね」

「さあ、それは何とも僕には言えません。事実だけ押さえると、養父の太田時敏の死後、東京をひきあげ三本木にもどっていた常利は昭和三年八月、博士に同行して川内へ出かけ、博士と一緒に集合写真におさまっている、ということです」

「なるほど、そうですか。川内は新渡戸家にとって受難の地ですが、伝にとっては再生の土地でもあります。先生、ご案内してくださいな」

と沙紀はさらりといったものである。

八木沢は川内へ向けてクルマを走らせた。

青森の市街地からいったん山間へ入り、しばらく行くと道路は陸奥湾へ出て浅虫温泉へ向かう。浅虫から右折してもう一度山間をぬけると、再び正面に陸奥湾が現われる。ここは小湊といい、野辺地までは海とほぼ並行して道路が伸びている。

この間、震災や開催中のオリンピックのことなどを話題にしながらクルマを走らせた。本題の伝のことになったのは、小湊へ出て景色が明るく変わってからだった。野辺地まで三十分もあれば着く。

沙紀のほうから先に伝のことを切り出した。

「伝は上士の身分でしょ。それが行商をし、材木商人になる。こだわりがなく、なんて自由なのでしょう」

「すべては移り行くっていうこと、胆に銘じていたんですね」

「無常観ですよね。伝はサムライの時代が終ることは分かっていた」

沙紀は陸奥湾の海原へ目を向けた。

「伝は十次郎を仙台の商人のところへ丁稚奉公に出しています。一八三〇年ですよ。維新の動乱よりも三十年以上も前のことです」

「時代の先を見て、潔く決断して行動する。潔さは武士道のひとつだけど、同じ潔さでも、佐渡さんの場合は悲劇的だ——」

「同じ桜でも、伝は工夫してまだ残っている」

「そう、枝から枝へ移って、まだ咲いている」

沙紀は海から運転席のほうへ視線をうつし、くすっと笑った。

「武士の時代は終わった、と佐渡も自覚はしていた。でも育った時代にしばられ、時代に見捨てられたのです」

と八木沢は歴史本のキャッチコピーのようなことを口にした。

沙紀は前を見つめながら、問いかけた。

「伝が佐渡さんだったら、秋田戦争はなかったかもしれませんね」

「さあ、どうでしょう。伝はしたたかです。そうだ、ほらあそこにある道路標識、狩場沢って書いてある。見えますか」

八木沢は左手をハンドルから離し、標識を指し示した。

「かりばさわ、ですか。ええ見えます」

「実は、秋田戦争で敗北した南部藩が謝罪降服の手続きをしている最中に突然、弘前藩がこの陸奥沿いに兵を進め、野辺地に夜襲をかけ民家六十四軒を焼き払った。それで南部軍が反撃したので弘前側に二十七名の戦死者が出ました。この地方では野辺地戦争といっていますが、野辺地を護っていた南部藩の部隊は官軍によって裁かれることになります。その軍事裁判が狩場沢でありました」

クルマは狩場沢漁港の横を通り過ぎた。

「官軍側は野辺地の南部藩部隊の大将で城代家老の栃内與兵衛の首級をさしだせ、と裁判に出頭した伝に迫るわけです」

「それは一大事。でも伝ならきっと、はいどうぞ、とはいわない。散ることだけが武士道ではありませんもの」

「そうです。しぶとく咲き続けることも武士道なのです。伝は時局を冷静に読み、うやむやにしてしまうのです」

「面白そうな話ですね、もう少し詳しく話してくださいな」

沙紀は八木沢へまなざしを向け、聞き耳を立てた。

話はこうである。

野辺地戦争の裁判は十月三日、狩場沢番所で行われた。

取り調べたのは、肥前藩参謀田村乾太左衛門と弘前藩家老館山善左衛門の二人である。官軍側から野辺地代官所へ呼び出しがあったが、大将の栃内與兵衛はすでに盛岡に引き上げており、代わりに伝が留守居役の上山守古と二人で出頭した。菊の御紋の錦旗が翻る番所は官軍側の兵士二百名ほどが警備しており、実にものものしい様子である。

正面の高座に田村参謀と館山家老が陣取り、両脇には藩士が三十名ほど列をなして座っていた。伝と上山は土間の筵の上に正座をした。

参謀の田村は肩を怒らせ、口上を述べた。

「南部藩は謝罪降服を願い出ているにもかかわらず、錦旗に対して発砲するとは不届き千万、朝廷に弓を引く賊徒逆臣である。よって野辺地南部軍大将の栃内與兵衛は死罪といたす。十月十日までに首級をさし出すことを申し付ける」

伝は面を上げ、神妙に申し立てをした。

「真夜中に突然、大砲が鳴り響きいったい何事かと驚愕いたしておりましたら、官軍からの放火で民家から次々に火の手が上がりました。続けて銃撃音が四方八方に響き始め、夜襲を受けたことが判明したのでございます」

「たわけたことを申すではない。降服を願い出ている最中ではないか。官軍の放火を認めれば、直ちに当方へ使いを出して応接し、真意の把握に努めるべきであろうぞ。南部が反撃したのは、もともと戦意があったからであろう」

と田村は声を荒げた。

「暗闇からの銃撃も、それは激しいものがございました」

「同じことよ。その方の返答いかんではわれらは直ちに野辺地への進撃を始める。なれば大将の首級だけではすまぬことになる。よくよく心得て申せ」

と田村は威圧し、番所に緊張が張り詰めた。

伝は動ぜず、穏やかにいった。

「それでは申しましょう。錦旗に発砲したといわれるが、われら南部兵で錦旗を見た者は一人もおりませぬ。また謝罪降服中と申しても、夜襲に対して防戦することは古来より武門の正道でございます。さらに申せば、何しろ真っ暗闇のなかで不意に襲撃を受け、相手がだれかさっぱり分からず、ただただ防戦に努めた次第でございます。もし、これらのことが白昼のことでございますれば、放火を知って使いを出し、銃撃を受ければ使者をつかわし、謝罪降服を致したところでございます」

「ふむ、新渡戸殿の言わんとするところは承知した。こちらとしてはこれ以上に事を荒立てるつもりはない。大将の首級だけでよいのだ」

と田村が表情を和らげて申し渡した。

そこで伝は、腹を固めた。

「実は、大将の柄内はもとからの非戦論者でございます。この度の戦においても、襲撃を受ければ戦わず、退避するよう命じておりました。栃内自身、戦いの場所にはおらず、背後の山奥に陣を構えておりました。まったく不意の襲撃故に、兵士は混乱し命令を忘れて反撃したのでございます。現場の責任は拙者、遊撃隊長の新渡戸伝常澄にございます。この新渡戸の首級をさし出したく、どうかお取り計らい願います」

伝は筵に正座をしなおし、深々と頭を下げた。

田村は薄笑いをうかべ、いった。

「現場の責任は自分にあると申すが、新渡戸殿、そなたは戦の最中、野辺地にはおらず、三本木におったと聞き及んでいるが、それは確かであろうの」

「確かでございます」

伝は平然と応じた。そして長々と説明した。

遊撃隊長として、平素から野辺地南部兵士の訓練をおこなっていた。最新のエンペルライフル銃を持たせ、七つの部隊を編成し、部隊長には夜襲があった場合に戦術上考慮しなければならないことを徹底させた。例えば地形の利用、陣地の選定、夜襲の防御と逆襲の転機などである。当日、野辺地にいなかったが、教育訓練した通りに部隊長は指揮し、兵士は戦術通りに戦った。自分が現場にいたのと何ら変わりはないのだ。

話を締めくくって、伝はいった。

「今回の戦は、まったくの不慮の突発的なものでありますれば、責任はすべて拙者にございます。このような年寄りでございますが、どうか新渡戸の首級をお取りください」

「願いはよくわかったが、貴殿の首級というわけにはいかぬ。貴殿は合戦にのぞんでいないゆえ、謝罪の趣意にはならぬ。総督府では大将の栃内殿の首級でなければ承知はせぬ」

「栃内はすでに野辺地を引き払い、盛岡でございます。すぐには応じかねます。十五日まで延期願いたい」

「新渡戸殿、貴藩はいま存亡の際《きわ》にある。願いを聞き入れたいのだが、われらは小湊に千人を超える兵士を待機させておる。永くは滞在できぬ。早々に首級を受け取り、兵士を野辺地へ移動させねばならぬ」

と田村は率直に官軍の事情を明かした。

「盛岡へ急報を使わしても、降り積もった雪で道中は険悪でござるから、到底五日や七日では間に合いませぬ。延期がならぬということであれば、どうかここで新渡戸の首を取って頂きたい」

伝は肩衣から両腕をぬき、小袖の襟元をぐいっと開いた。

田村は伝を制して、断固とした口調でいい放った。

「幾度申し立てても、そなたの首は無用でござる。ただちに野辺地から兵士をすべて引き上げ、兵器と弾薬は当方へ引き渡すようにせよ。小湊に待機している岡山藩の部隊を野辺地に駐屯させる。大将の首級については二日間延期して十二日までとするので、必ず差し出す旨の証書を出されよ」

伝は二日間の時間がかせげたことで、ひとまずその場を納めた。

証書を参謀へ提出すると野辺地へ帰り、盛岡へは証書の内容を伝える早馬を出した。翌朝には兵士を引き上げさせ、岡山藩部隊を受け入れる手配をした。事態がひと段落すると、伝は狩場沢と小湊代官所へ毎日のように出かけ、田村とは酒肴を共にし、官軍側からの情報を入手することに努めた。

九日の夜、田村参謀の使いが野辺地の宿舎へやってきた。

「約束の日は三日後であるが、どうなっておる」

「まだ、盛岡からは何もござらぬが、期限は確かに迫っておるので、間に合わなければ拙者の一命をもって申し訳を致す所存である」

と伝は改めて覚悟を述べたものの、首級の件はなしくずしに解決できそうな見通しがあった。伝は田村の配下の者から次の情報を得ていた。


秋田の鹿角口《かづの》にある総督府参謀局は、南部藩家老楢山佐渡の首級差し出しをご寛典の処置により行わず、楢山佐渡は無事に盛岡へ帰っている。野辺地口の場合はなおさらのこと人命にかかわる処置はあるまい。われわれは行軍中ゆえに、首級の差し出しは無用である。ご心配せぬように――

十日には岡山藩兵士の野辺地駐屯が無事に完了した。

田村は伝を野辺地の旅籠に呼び出し、続いて到着する肥前藩の手配を頼んだ。伝は快く承諾した。田村は人払いをすると、声をひそめた。

「寝返った弘前藩は、南部藩に合戦もしかけずして官軍に見方したとはいえぬ。それで南部の降服が明らかになるやいなや野辺地へ攻撃をしかけて、参戦の実績をかせいだというのが総督府の見方でござる。つまり総督府は野辺地口の場合、両藩の私闘として処理をするつもりだ。新渡戸殿、首級のことは案ずるに及ばぬ」

「誠に有難きお言葉でございます。しかしながらこの度の戦では、弘前の火付け、南部の人殺しなどとの噂が広まっております。首級が取れぬようでは弘前の面目はまるつぶれ、なおしつこく迫ってくるかと——」

「あざといことよ、ほっておけばよい。新渡戸殿、南部藩が差し出す首級は一つでなければならぬ。これこそ武士の花道ではないか」

「はて、と、申しますと」

伝は大仰に小首をかしげてみせた。

田村はぐっと身を乗り出した。

「すでにこの五日、総督府問罪使は盛岡に入り、楢山佐渡殿に禁錮を申し付けた。近いうちに東京へ護送され裁きを受ける。藩主に咎が及ぶことはない。よって佐渡殿に覚悟はできておる。このように心得よ」

と田村が申し渡し、伝は畳に額をこすりつけた。

その後、弘前藩は何度か使いをよこし、首級を差し出せと迫ってきたが、その都度、伝は何かと理由をつけて延期を申し入れ、この件は沙汰闇になった。

八木沢が話し終えたときに、クルマは野辺地の港に着いた。

広場の物産館で昼食をとった。

伝のことから、話題は稲造博士が国際連盟時代にバルト海のオーランド諸島の帰属をめぐる争いを解決した、いわゆる新渡戸裁定に及んだ。

紛争当事国のフィンランドとスウェーデンの両国は新渡戸裁定を受け入れ、オーランド諸島は自治領として独立し繁栄している。沙紀はスイスで働いていたころ、国際連合欧州本部に通い、新渡戸裁定関連の文書を丹念に読んだことがあった。伝の話を聞き、博士の並外れた交渉術は祖父ゆずりなのだ、と合点したというのだった。

「博士の大きさは、世俗にもよく通じているということです」

「それは商人としても成功した伝の遺伝子ですね」

「博士は学者、一流の国際人、教育者、クリスチャンと多彩ですが、国際政治の世界でも歴史に残る仕事をしています。清濁併せ呑む大きな人格ですね」

と八木沢は稲造のことを褒めた。

港の常夜燈がつくる日蔭のベンチで、しばらく休憩した。

沙紀はサングラスをかけて、海をながめていた。

それから野辺地を出て湾沿いの国道を北上し、大湊を通り越して川内の町に入った。行き交う車両はめっきり少なくなり、道の両側には、軒の低い商店や家屋がまばらに建ち並んでいる。傾き始めた夏の日が建物の影を路面に伸ばし、空地からは陸奥湾の海がすぐそこに見えた。たしかこの辺りだった、と八木沢がクルマのスピードを落としてゆっくり走っていると、

「泉龍寺、あそこですね」

と沙紀がすっと手を上げ、右の前方を示した。

見覚えのある駐在所の先に長い板塀があり、塀が途切れた門の横に石柱が立っていた。近づくと、石柱に寺号が彫り込まれていた。

境内にある保育園の事務室で老齢の住職が二人を待っていた。

東京から稲造博士の曽孫が訪ねて来るというので、住職は新たに集めた資料を見せてくれた。博士が宿泊した町内の豪壮な私邸「楓山荘」に残された帳場日誌には、

　八月十六日、新渡戸博士一行三名、午後三時に到着。小憩後に泉龍寺へ行き講話をすませ、帰館してご一泊

さらに翌十七日は、

博士一行、当館主人に見送られ自動車で発ち、午後二時に大湊、田名部経由で恐山行。午後八時に帰館しご一泊

とある。

この帳場日誌を見るのは、八木沢も初めてだった。

博士は墓を盛岡へ移すための法要を午前中に済ませてから、恐山へ出かけている。この参拝はもちろん物見遊山ではなく、神秘主義的な体験を大事にしていた博士が望んだものだ、と住職はいった。かれはこの他に、下北の地方新聞で報じられた博士の動向記事、それに町村史や郷土史家が採集した説話の小冊子も用意していた。

これらの説明を済ますと、住職はおもむろに古いアルバム帖をくって、目的の集合写真を見せてくれた。この写真は寺にとっても秘蔵の一枚のようである。沙紀は食い入るように写真を見つめた。

前列の椅子に稲造博士と川内村だったころの初代助役が座っていた。その背後に六人が並んで立っていた。その中央でひときわ背が高く肩幅のいかつい人物が太田常利だった。博士

と同様にスーツ姿でネクタイをしている。楓山荘に到着した際に写したものである。

説明を聞き終えると、

「ずいぶんと、押し出しのよい方ですね」

と沙紀は意外そうな表情である。

「海軍の士官だったから、なかなかの貫禄だ」

と八木沢はつぶやいた。相撲取りのように顔が肥えている。

「新渡戸文庫や開拓誌のことがあるから、もっと学者っぽいお顔を想像していました」

「この写真だけ見ると、書斎の人ではないなあ」

「従弟なのに、国際人の稲造とはまるで違う」

「退役後は三本木の田舎に帰っていたから、博士と並んで写るとよけい野暮な印象になるのかなあ」

と二人が思い思いに常利のことを話していると、

「そのことですがね、新渡戸博士の曽孫の方がお見えになるというので、ひとつお訊ねしようと思っておりました」

と住職が割り込んできた。

「先生には以前、お耳を拝借したことがあります。実は下世話なことですが、先々代が博士は少佐との血縁を疑っていた、とそんなことを伝え聞きましたが、太田家は新渡戸家とご親戚ですよね」

「はい、もう何代も昔ですが、新渡戸伝の三男の時敏が太田へ養子に入っています」

と沙紀は幕末の時敏のことをいった。

「それは存じております。稲造博士も太田家へ養子に入られている」

「そうです。時敏に子どもがなかったものですから」

「それで博士が新渡戸家にもどった後、今度は常利さんが太田家の後を継いだ、ということですね」

「その通りです」

住職は写真の常利を指で示し、

「常利さん、養子に入る前は新渡戸ですよね、新渡戸常利」

「ええ、新渡戸で間違いございません。ただ同じ新渡戸でも常利は三本木の新渡戸、つまり盛岡の分家です。でも三本木になぜ分家があるのか、その辺のことは遠い昔ですので、わたくしにはよくわからなくて。三本木開拓の研究者でいらっしゃる八木沢先生のほうが詳しくご存知かと……」

沙紀は表情を硬くして、八木沢へ視線をうつした。

八木沢はそっと手を伸ばし、アルバム帖を閉じた。

「血縁のことはともかく、博士は少佐に余り良い印象をもっていなかった。このことだけは事実です」

とかれはそっけなくいった。

気まずい空気を察して、

「立ち入ったことをお尋ねして、これは失礼しました。しかしおかげですっきりしました。太田家からすれば、二人の養子が博士と少佐という立派な人物になった。大変結構なことです」

と住職は話を丸く収めた。

半島の木材を多用した川沿いのホテルに宿をとった。

ツーリングやサイクリングの若者とバスツアーの団体客で、フロントの前のロビーはにぎわっていた。温泉で疲れをとり、それから二階のレストランで一緒に夕食を摂ることにした。大きな窓から夕日に染まるヒバの森が見える。その席を空けて待っていると、沙紀はベージュのブラウスに着替えてやってきた。ルージュの色も薄くなっている。地ビールで乾杯し、とりとめのない話を交わしながら郷土料理の定食を味わった。気づくと日が暮れていた。「ワインでもいただこうかな」と沙紀が誘った。ラウンジでソファに並んで座り、八木沢は麦焼酎のお湯割りをお代わりした。気持ちがほどけ、問われるままに身の上話をした。結婚を考えていた女にふられた話である。

その女とは一緒のゼミナールだった。彼女は大学を卒業すると仙台市内にある私立の高校の教師になり、八木沢は修士課程に進学した。そのころから共に旅行もし、将来を語り合う仲になった。ところがある日、彼女のマンションへ行くと、ベッドの壁際に見覚えのないネクタイが落ちていた。問い詰め、彼女はすでに大学時代から二股をかけていたことを白状した。相手は同じゼミ仲間でよく知っている男だった。彼は東京の会社に就職していたので、彼女と遠距離恋愛になっていたが、「長州者を信用するな」と福島出の彼は郷里が同じ彼女に迫ったのだという。その言葉が決め台詞になったのかどうか、四年余り付き合った女と別れた。

「しばらくはトラウマに苦しみました」

「二股をかけた上に長州者なんて、今どきそんな言い分などありはしません。相手の方、都合よく使ったのでしょう」

　と沙紀は傷口をつくろうようにいった。

「青森市内の大学に勤め先が見つかり、こちらに住んで二十年近くになります。もちろん、長州者なんて言われたことはありません」

「そうですよ、弘前藩も黒石藩も薩長の味方でしたもの、次郎さんのような素敵な長州男児は、津軽女性の憧れですよ。早くよいひとをみつけなさいな」

　と沙紀はファーストネームで呼び、背中を押した。

「まあ、僕のことはともかく、沙紀さんはどうなのですか」

酔いも手伝い、二人は温かく親密な気分になっていた。

沙紀はワイングラスをテーブルにおくと膝上の手をこすりあわせていた。それからしんなりと顔を上げ、

「わたくしのことなど、取るに足りないことですよ」

とつまらなさそうにいった。

「博士の曽孫ということで、不自由な思いもしたでしょう」

「わたくしは直系ではありませんから、新渡戸稲造は遠い存在でした。でも母は直系の孫ですから違っていましたね。何事につけても、にとべ、にとべでした。若いころはそれがいやで、外国へ逃げ出してしまった」

と沙紀は悪戯っぽい笑みをつくった。

「それで逃亡先のジュネーブでは、自由と青春を手に入れた」

と八木沢はグラスをかざしてみせた。

「日本の女性はモテモテですよ。コンサートや小旅行、出会う機会はたくさんありますから」

「すると、沙紀さんの恋人は外国人だ」

「そうです。同じオフィスのスタッフでアメリカ人の青年でした」

沙紀はワイングラスを取り、一息に飲み干して頬をゆるめた。

「いやですね、思い出させて。もう遠い昔のことですよ」

八木沢はボトルを手に、ワインを注ぎながら訊いた。

「結婚は、なさらなかったのですか」

沙紀は乾杯の真似をして、さらりと云った。

「わたくしたち、同じもの同士なのです」

「……?」

「かれはアメリカに婚約者がいたのです」

「そうですか――」

八木沢は返す言葉をなくしたが、沙紀は気に留める様子はなく、懐かしそうにこんなことを語った。

昭和五十五年の秋、沙紀はその青年と一緒に日本へ帰ってきた。

彼女は加藤家の一人娘なので、新渡戸家の人たちは加藤家が青年を養子にし、加藤家を存続させることに賛成した。青年も養子に入り、日本で暮らすことに同意してくれた。また、新渡戸家本家の方は武子の兄、すなわち沙紀の伯父の誠が継いでいた。新渡戸家当主の誠は有名大学の教授で五十歳を過ぎていたが、縁遠く独身だった。幸い一族から養子を迎える話が具体化していて、新渡戸家本家が絶えるという心配はなかった。戦前、アメリカで暮らし英語も堪能で、留学経験もある武子は青年に好感を抱き、世田谷の加藤家で一緒に暮らす日々を楽しみにしていたようである。

ふた月余り青年は日本に滞在し、十一月の初めに結婚の準備もあるというので、単身でアメリカへ帰った。ところがそれっきり、何の連絡もとれなくなってしまった。電話をかけても不通である。身の細る思いでいると、封書が届いた。それは婚約者がいるので沙紀とは結婚できない、という非情な通知だった。ジョン・レノンの悲劇で世界中が悲しみに沈んでいたころである。

それから、あっという間に五年の月日が流れた。

昭和六十年八月、新渡戸家の当主の誠は独身のままで、養子をとることもなく死去した。この時、誠の母の琴子、すなわち稲造の養女は九十五歳の高齢であったがなお矍鑠《かくしゃく》としていた。琴子は新渡戸家本家を断絶させてはならぬと、加藤家に嫁いだ娘の武子に、沙紀が新渡戸家を継ぐように遺言をした。

こうしたいきさつから、新渡戸稲造の家系を継ぐという責務が沙紀の両肩に重くのしかかってきた。縁談の話は一族から途切れることなくあったのだが、彼女は独身を通してきた。それは格別な考えがあってのことではなく、母の武子や祖母の琴子を身近に見ていて、新渡戸本家の家系を継承し守っていくことの重みに彼女はとても堪えることはできないのである。

「ごめんなさい、ついついこんな重苦しい話をしてしまって」

「いいえ、話してくださり、有り難いことです」

「いくら個人主義の時代だといっても、ご先祖様あっての自分ですもの、母や祖母の苦労が今になってよくわかるようになりました」

沙紀はしみじみとした口調になった。

親が偉人であればあるほど、子や孫は楽ではない。親のブランドを利用しようという打算があれば別だが、親とは別の個人として生きて行きたい、とたいていの人は思っている。

八木沢は改まって、自分の考えを話した。

「伝、十次郎とつづく新渡戸家の系譜は、稲造博士の世界的な活躍で武士道というブランドをもつようになりました。新渡戸といえば、武士道です。でもこのブランドは富や権力といった世俗的なものとは違って、日本人としての人格や品性、アイデンティティにかかわることですから、新渡戸家を継ぐ人は茶道のお家元同様の気苦労があるのだと思います。武子さんはご苦労されたでしょう」

「そうですよね、何しろ一人娘がこんなですから」

と沙紀は論点をいたずらっぽくずらした。

「でも、沙紀さんは新渡戸家を継ぐ決心をされている」

「ええ、今は母を安心させることが一番ですもの。ただ、一つ、母は気に病んでいることがありますの。卒寿をこえましたから、天に召される前にどうしても正したいって、今はそのことばかりです」

「正したいって、なんでしょう？」

「次郎さんのおっしゃるブランドにかかわることですよ」

すぐピンとくるものがあった。

「ひょっとして、十和田のことですか」

沙紀は深くうなずいてみせた。

「記念館ですね……」

八木沢は自らに言い聞かせるようにつぶやき、残った焼酎を飲んだ。空になったグラスをテーブルに置き、沙紀の言葉を待った。

「それもあります。新渡戸文庫の法人化のことは、稲造は最後の最期まで気にかけていました。でもそれだけではありません。母は稲造がもっと深刻な悩みを隠し持っていた、ということを稲造の英文日記を丹念に読むことで知ったのです」

「博士の日記を読んだ――」

「ええ、何年もかけて読み、大事な箇所は翻訳してノートに書き写しています」

「そうですか、それで」

「稲造は十和田の分家に対して複雑な思いを抱いていたのです。武士道を書いて世界に問い、クリスチャンとして生きた曽祖父も、身内のことでは苦しんだり疑ったりしていた」

「その分家というのは、伝からのことですね」

と八木沢が身を乗り出すと、沙紀はかれの好奇心を制して、

「今日は、これくらいにして、明日、クルマのなかで少しお話しします。よいお話しではないけど、聞いてくださいな」

というと立ち上がった。

翌朝、九時にホテルを出た。

十和田まで、二時間半の道のりである。

陸奥湾に洋上発電の風車が林立する海を横目にしながらクルマを走らせていると、沙紀がおもむろに話を始めた。

いつも穏やかで微笑を絶やさなかったグランパ（稲造のこと）が、一度だけ激怒したことがあった。ふだんあり得ないことなので、「グランパが怒った出来事」として、新渡戸家では代々語りつがれていた。孫の武子は英文日記を読むことで、祖父のこの怒りの真相を知ることになる。

明治二十四年二月十日、新妻のメリーを伴って外国留学から帰国した稲造は、必要があって盛岡の役場から新渡戸家の戸籍謄本を取り寄せた。見ると、新渡戸家の戸主となった新渡戸稲造の家族蘭に、青森県上北郡三本木村に在住している堺わかの名前が、稲造の未婚の姉の隣りに「妹わか」として記入されていた。稲造は謄本を手で叩いて怒った。

「誰がこんなことをした！」

怒りは収まらず、稲造は親族中に問い合わせて真相を探ったがだれも心当たりはなく、みんな驚くばかりであった。

帰国後、札幌農学校教授になり新婚生活を始めた稲造だったが、メリーが産後の療養のためアメリカへ帰国することになった。明治二十五年六月三十日に日本を発ち、稲造はメリーに付き添ってアメリカへ行き、十月一日に単身で横浜に帰って来た。そして札幌への帰路、盛岡へ立ち寄り、岩手県内の郡長をしていた太田時敏と一緒に久昌寺へ出かけ先祖の墓参りをした。それから未婚の姉が住んでいる本家の屋敷を訪ね、蔵に所蔵されている刀剣、甲冑などの武具を見た。先祖の歴史を伝える大切な遺産なので、戸主となった稲造は先々これらのものを自分のところに引き取るつもりであった。

数日後、稲造はひとりで三本木村役場を訪ね、新渡戸家の戸籍を調査した。するとどういうことか、亡くなった次兄道郎の妹として、堺わかの名前が書きこまれ、「新渡戸道郎（注・明治十七年没）の妹わか、道郎の跡を継ぐ」という内容の戸籍が新しく作成されていた。わかは、祖父の伝が三本木で身の回りの世話をしていた女に産ませた子と云われているが、伝はわかを実子として認知してはいない。伝はわかを新渡戸家の戸籍には入れなかった。三本木村で新渡戸家に仕えていた堺という名の農民に引き取らせている。わかは堺家で育ち、明治十五年に地元の農民と結婚し、すでに子どもまであった。そのわかが盛岡の戸籍では稲造の未婚の姉の妹になり、三本木の戸籍では稲造の亡くなった次兄の妹として、三本木村に新渡戸家を興しているのであった。

日記のなかで、稲造は新渡戸の戸籍が勝手に新しく作成されていることにひどく憤慨していた。しかし争いを好まず、何事にも寛容な稲造はこの事態を受け入れ怒りを収めている。祖父が三本木で産ませた子であるならば、わかは自分の父の十次郎の異母妹である。そこで稲造は三本木の分家を認めることにした。但し、「妹わか」については盛岡の役場に訂正を求め、「叔母わか」と書き直させた。

分家のことはともかく、稲造は伝が拓き、十次郎が町づくりをした三本木の人たちには、特別な思いをもっていた。村のたっての願いで、明治四十一年九月、十六年ぶりに稲造は三本木村を訪ね、小学校と馬事組合で演説をしている。小学校では伝の開拓と十次郎の夢を語り、馬事組合では村のますますの発展に期待を寄せた。さらに大正四年十一月、新渡戸伝翁没後四十五年祭が、三本木町で大々的に開催されると、新渡戸家当主の稲造は祭主として三本木へ行き、三本木の分家の戸主と並んで式典に参列した。

この祭は町あげてのもので、夜は青年会の音楽隊を先頭に、消防組合、馬事組合などから参加した数百人をこえる提灯行列の隊列が町中を歩き、分家の新渡戸邸、太素塚《たいそづか》、それに稲生川橋上で万歳を三唱して解散している。翌日、稲造は小学校と馬事組合で講演をし、どこでも温かく熱烈な歓待を受けたあと、汽車で東京へ帰った。

日記には三本木の発展を喜ぶ様子が、

町ではどこでも、いろいろな方言が聞こえてくる。日本中から祖父と父が拓いたこの地に人々が集まってくることは誠に嬉しいことだ

と記されていた。

クルマは野辺地を過ぎ、奥州街道を走っていた。

じっと沙紀の話に耳を傾けていた八木沢はたしかめた。

「博士は戸籍のことは不問にし、受け入れたのですね」

「稲造は寛容の人です。わかさんが興した分家ともお付き合いをし、三本木を大切にしておりました」

「だけども、新渡戸文庫のことだけは許せなかった」

と八木沢が博士の気持ちを代弁すると、沙紀は何度もうなずいた。

盛岡の本家にあった古文書や武具甲冑を、稲造は東京の小日向の自分の屋敷に引き取っている。大事に保管していたが、行く行くは公共の文化施設へ寄贈するつもりだった、と沙紀は説明した。

「それで新渡戸文庫を造るなら、法人化しろ！」

と八木沢は重ねて博士の思いを表現した。

「私物化は、稲造の信条からしても我慢ならないことです。母が申すには、日記には度々、

新渡戸文庫について憤懣やるかたない気持ちが綴られているそうです」

「正したいというのは、文庫の私物化のことですね」

「ええ、まあ、そうです……」

沙紀は肯定し、さらに何か言いたそうだったが、黙ってしまった。

沙紀の心中を察しながら、八木沢は太田常利のことへ話を広げた。

わかの次男の常利は秀才の誉れが高く、三本木村から海軍兵学校へ進学したので、村の自慢でもあった。明治四十年、海軍兵学校二号生徒のときに太田時敏の養子となり、翌年三十六期生として兵学校を卒業し海軍士官となった。

少し話をもどすと、維新後に東京で洋装店を営んでいた稲造の養父の太田時敏は、商売に失敗して店をたたみ、小役人の職をみつけると長屋の一室で細々と暮らしていた。明治十七年、留学することになった稲造へ、じっと使わずに持っていた秩禄二千円の半分の一千円を渡してアメリカへ送り出すと、東京を引き払い茨木県筑波の郡長になった。その後十年余り岩手県内各郡の郡長をした後、三十三年に南部伯爵家の家令として再び上京し、文京区本郷富士見台の南部家の屋敷内に住んでいた。

従って、時敏が常利を養子にしたのは、南部家の家令のときである。

大正四年一月二十日、時敏は富士見台の屋敷で死去した。

容体の悪化を聞きつけて、前日から、旧南部藩士の見舞客が次々に屋敷を訪れ、往来は車馬で大混雑だった。午後六時ごろには稲造博士とメリー夫人もかけつけ、病室の隣りの部屋で親族と一緒に容体を見守った。原敬政友会総裁が見舞いに来ると、稲造も一緒に病室に入った。枕の左右に原敬と稲造が座り、稲造の横に海軍大尉の常利が控えた。痰が詰まり咳払いをしながらも時敏はよくしゃべり、原敬と政局のことで話がはずんだ。原敬は三十分ばかりいて辞去し、稲造夫妻も小日向の自宅へ引き上げた。翌日の夜明け前、常利らに看取られ時敏は息絶えた。七十八歳だった。葬儀では、喪主は常利、親戚総代が稲造、そして親交の深かった原敬が友人代表を務めている。

時敏の死後、常利は小日向の新渡戸邸に頻繁に出入りするようになった。新渡戸文庫創設の話を持ち込んだのがこのころからなのか、よくは分からない。大正八年三月、後藤新平と共に欧米視察へ出かけた稲造は、国際連盟事務局次長に内定したためロンドンに留まり、翌九年一月に事務局次長に就任し、七月にはジュネーブへ住居を移した。

いっぽう常利は、横須賀海軍航空隊に所属し、霞ケ浦の海軍航空隊教官を務めていたが大正十二年三月、海軍少佐で予備役に編入された。常利は三本木に帰郷し、しゃれた洋館を建てて住み、農園を経営した。そして二年後の十四年、常利は伯爵夫妻のお供でヨーロッパを旅行し稲造を連盟本部に訪ねている。

八木沢が常利のことを話しているうちに、クルマは七戸バイパスを通って十和田へ直通する国道へ出た。

右手の森の上から現れた旅客機が大きな機影を光らせて、視界の上空を左の方へゆっくりと飛んでいく。旅客機の行方を見つめていた沙紀はいかにも意外な口調で、

「常利さんは、あんな大きな方なのに、航空隊の教官でしたか」

と自らに言い聞かすようにいった。

「少佐で退役して、太素塚の側に洋館を建てて住み、町議や国防会の理事をされています。堅実で人望もあったのでしょう」

「稲造も常利さんを信頼していた」

「そうだったと思います」

と八木沢は同意した。

それからハンドルを握り直し、沙紀へ求めた。

「大正十四年の英文日記、調べることができますか」

「常利が連盟本部に稲造を訪ねた件ですね」

と沙紀は即座に応えた。

八木沢は話を詰めた。

「連盟時代はもちろん、日本に居ても忙しく小日向には不在がちな博士に代わって、武具や古文書を三本木で預かりたい、という話を常利が博士にもちかけていたはずです。常利はジュネーブまで出かけて熱意を現し、新渡戸文庫の創設のダメ押しをした。それで博士の日記に

法人化を前提にして預ける、といったことが記されていないかと、いやきっと記されていると思うのです」

「おっしゃることは、よく分かります。常利が連盟本部を訪問したいきさつは、母も稲造の日記で承知していると思います。また譲渡したのではなく預けたのであって、それも法人化が前提であったことなど、日記に書かれているはずです。だからこそ正さなければならない、という根拠になっています。母は誤ったことは決して口にしないし、約束は頑ななまでに守る人なのです」

「沙紀さんが、日記を読むことはできますか」

「いいえ、母は娘のわたくしにも見せません」

クルマは十和田市内に入った。

スーパーマーケットの広大な駐車場の横を稲生川が流れている。

八木沢は話をつづけた。

「新渡戸本家をつぐ、ということであれば」

「まだ、決まっていませんし、そのこととは別に壁があります」

「壁？」

「日記は絶対に公開をしてはならない、と曾祖母のメリーが遺言しているのです。それで母は法人化の約束が日記にあるとしても、日記の内容を公にすることはしない人です」

「公開といっても、さわりの一行です。それでもダメですか」

「母は祖母メリーとの約束を守っているのです。自分が守らないで、他人に約束を守れ、とはいえない」

「なるほど、じゃあ、僕が武子さんにお会いできますか」

「日記はお見せできない、と言われますよ」

と沙紀はつっけんどんになった。

「しかし、博士の記述を確認はできる」

「母が何と答えるか」

と沙紀は気が乗らない。

「アポが取れれば、あとは考えます」

「そうですか、でも、先生はなぜそこまで？」

「なぜでしょう、自分でもよくわかりません」

と応えると、沙紀はおかしそうに微笑した。

予定した時間に十和田文化倶楽部へ着いた。

支配人を従えて玄関に出迎えた山野は、沙紀を見ると目じりを下げ駆け寄るように近づき、両手を差し出し握手を求めた。まるで旧知の恋人を迎えるような仕草である。

さっそく二階の貴賓室へ案内され、支配人も同席して特別仕様のランチを摂った。それから会長室に通された。青森市にあるゴルフ場の執務室とは異なり、音響機器が壁の一面に設置されて、古いレコードとCDが棚を占有している。クラシックならシベリウス、普段はシャンソンと文部省唱歌を聴いている、と山野は楽しそうに話した。「三本木平開業之記」を写経代わりに書写していたのもこの部屋である。

鈴蘭山のことから、山野は三本木開拓のことを話題にした。

嘉永四年三月、吉田松陰が七戸から五戸へ旅する途上で、三本木原を通り、その見聞を「東北遊日記」のなかに書いた。そこは見渡すばかりの荒原で菜も麦もなく、青い葉は見られず、収穫の後は耕さず、道の傍らの樹木は茂らず、土地が広いだけで人が足りない、など。この松陰の見聞が使いまわされ、三本木原はどこも不毛の台地であったかのように伝えられているが、それは開拓をいささか称揚するための誇張で、新渡戸伝の神格化につながっている。鈴蘭山のように緑豊かな場所もいくつか存在したのである。泉が湧くところに小さな集落があり、台地が隣接する八甲田山系の麓には、遠い昔から村落が形成されていたのだ、と山野はいう。

「私どもは縄文人ですな」

「縄文人？　三本木原の先住民ってことですか」

八木沢が聞き返すと、山野は真面目な顔でうなずいた。

「私どもの祖先は、穴堰がある鞍出山の深持《ふかもち》というところですよ。開拓の始まるずっと以前から住んでいたのです」

「すると、入植組が弥生人？」

「みんなとはいいません。まあ、変な外来文化を持ち込んだ連中ですよ。武士道とはほど遠い、まがいものだらけですな」

山野は口元をひきしめた。冗談ではないらしい。

沙紀はやや困惑した様子で二人を見比べ、訊きただした。

「伝や十次郎も弥生人でしょうか」

「いえ、弥生人が入植したのは明治以降、とくに三本木原国営開墾事業が始まった大正十二年、それに戦後ですよ。太素塚の造営は結構だが、やたらと伝を祀り、稲造博士の人格をふみにじる輩もいる」

山野は高ぶる感情を制すかのように、話すのを中断した。

暗に何かを批判しているのだった。

ちょっと間をおくと、山野は続けた。

「伝は開祖だが、天狗山と鞍出山に穴堰を通し、三本木原の台地に稲生川を造ったのは、南部土方衆なんですよ」

「南部土方衆、ここ最近、注目されていますね」

「はい、そうです。先生はご承知でしょうが、かれらは今の岩手県の和賀地方、花巻、北上、江釣子《えづりこ》出身の農民たちで、それは高度な土木技術をもっていました。そうだ、これをご覧になってください」

山野は席を立ち、書棚の引き出しからファイルを取り出した。なかから黄色く変色した冊子を三冊そっと抜き出し、一冊ずつ二人へ手渡した。表に、

三本木開拓における稲生川上水工事の技術者集団を追って

と手書きのタイトルがある。昭和六十一年（一九八六）にガリ版で自費出版したもので、著者は八重樫盟《まこと》となっていた。私家版ゆえに注目されなかったのだろう、初めて見る研究誌だった。

山野はいとおしそうに、頁をめくりながら云った。

「八重樫君は幼馴染で、実に気の合う友人でした」

二人が冊子から顔を上げると、ここぞとばかりに語り始めた。

子どものころから、八重樫は先祖のことをよく話していた。

お父がゆうに、わの家の先祖は岩手の和賀の後藤村じゃ。安政いう時代に、十和田湖の水を三本木原へ通すというので、新田御用掛の新渡戸家についてきた土方衆の頭取だった

げな。名を吉助というてな、それはよく働いて山に三本もトンネルを掘り、土手を築き、水路を造って三本木に水を引いた。そんなで新渡戸家にはとことん尽くしたもんだ。

八重樫は東京の大学を卒業すると郷里に帰り、中学校の社会科の教師になった。山野はアメリカへ留学し、その後、実業界に入ったので、二人が会うことはなかった。

再会したのは、昭和五十四年の同窓会の時である。

このころ、『三本木開拓誌』の復刻版が話題になっていた。

八重樫は開拓誌を熟読し、南部土方衆頭取の吉助が配下の技術者集団を指揮して稲生川を造ったことを知った。父が云っていた通りだったのである。さらに伝が藩へ提出した開拓計画は大雑把で、プランにすぎないものだということが分かった。伝は藩との交渉、村民の撫育《ぶいく》、資金の調達、人夫の徴用などをおこない、実際に工事をしたのは南部土方衆である。

それで伝の身辺雑記でもある開拓誌には、どのようにして穴堰を通し、稲生川を造ったのか、具体的なことは何も書かれていない。

八重樫は先祖の地である和賀町へ何度も足を運んだ。八重樫本家や郷土史家に協力を願い、資料の収集を始めた。そんなある日、本家が吉助の建てた旧家を解体していたところ、襖の下張りから、穴堰や稲生川造成工事に関する図面や文書がつぎつぎに出てきたのだった。

三本木開拓の成否は、穴堰のできいかんにかかっていた。

八重樫は穴堰のある天狗山と鞍出山に入り、崖を登って横穴を調べ、南部土方衆が鉄槌とのみ、ばんづるといった道具で、どのようにして掘っていったのか、その工法を解明した。また土方衆の組織や足跡もまとめ、研究の成果を謄写版で製本して職場の同僚や稲生川等水利組合へ配布した。十和田開拓は八重樫のライフワークとなったが、ずいぶん無理をしたのだろう、定年退職した翌年に死去してしまった。

八重樫が最後に解明しようとしたのは、十次郎が計画し、南部土方衆が掘り進めた鞍出山の二本目の穴堰である。十次郎の突然の死で、工事は中断され、取水口と出水口があかないままこの穴堰は山中に閉ざされてしまった。山の崖側に工事用の横穴が八か所あったが、やがて土砂で埋まったため、この未完の穴堰はその存在すら忘れ去られていたのである。鞍出山の一本目と、天狗山の二本目の穴堰は、国営事業で周囲にコンクリートが巻かれ、今日も稲生川へとうとうと水を流している。いっぽう開通しなかったこの三本目は、「幻の穴堰」と呼ばれ、掘った跡が生々しくそのまま残り、壁には明りを灯すろうそく台まである。

山野はひととおり語ると、呼びかけるようにいった。

「私は貴重な文化遺産として幻の穴堰を保存し、鞍出山周辺を歴史文化学習の場にしたいと願い研究会を立ち上げました。かつて三本木から十次郎が壮大な夢を描いたように、私たちにも大きな構想があり、夢があります。次の機会には鞍出山へご案内します。ぜひ私たちの夢にお付き合いくださされば幸いです」

山野の篤《あつ》い思いを胸に、二人は十和田文化倶楽部を後にした。

クルマで、沙紀を八戸駅に送った。

伝を訪ねる一泊二日の旅が終った。

「次郎さんのこと、母に話してみます」

「武子さんにお会いできればいいいな」

「期待なさらず、でも待っていてくださいな」

「今度来られたら、鞍出山をご案内します」

「十次郎と、それに山野会長との再会が楽しみです」

改札口で別れ、沙紀はプラットホームへ姿を消した。


お盆が過ぎ、青森は秋の気配が漂い始めていた。

八木沢は帰省もせず、学会とゼミ旅行で留守にした日以外は研究室にこもって古文書を読んでいた。

三本木平の開拓を担うようになってからだろうが、いつかははっきりしないのだが、新渡戸伝と十次郎は当時高名な農政学者佐藤昌庵へ連名で入門を願い出ている。昌庵は江戸後期を代表する農政家の佐藤信淵の長男である。佐藤家は代々、経世、農学、兵学を家学としてきた家柄であり、とくに信淵が築き上げた農政学は高く評価されていた。大凶作、北方警備の出費、度重なる一揆など藩政の運営に苦しむ南部藩では、信淵やその弟子を招いて意見を求めることが多々あった。昌庵は常府（江戸在住）のまま南部藩が召し抱えたので、新渡戸父子が開拓について基本的な考えを昌庵から学ぼうとするのは当然の成り行きでもあった。もっとも父子の直接の入門ではなく、実際には江戸詰めの藩士が何名か入門し、佐藤家伝来の書籍を書写して学ぼうとしたのである。

万延元年に発表された「三本木平開業之記」に対して、昇庵は元治二年四月、「三本木開墾意見書」をまとめ十次郎へ提言している。

八木沢は秋田県立図書館からこの原本の写しを入手した。一万五百余字にも及ぶ意見書を読み解いて、昇庵が開業之記をどのように吟味したのか学会の研究誌に発表するつもりでいる。しかし校訂に手間取り、なかなか予定通りに進まない。この日、午後から何をするでもなくぼんやりしていると、めずらしく携帯が鳴った。

「先生、どうしていますか」

と渋い声がした。山野だった。

とっておきの資料が手に入ったので、見てもらいたいとのことである。

待っていると、十分もしない内にやって来て、額の汗をふきながら、先日は八重樫君と南部土方衆のことを話題にしましたが、と十和田文化倶楽部でのことをふりかえり、表情をやわらげると、

「山の神様のお導きでしょうかな、お盆明けに八戸の蛇口さんから穴堰を案内して欲しいと電話がありましたよ」

とすこぶる上機嫌である。

「蛇口さんというと、十次郎の支援者だった蛇口伴蔵の子孫ですね」

蛇口伴蔵は姓が印象的なので、開拓史に名をつらねる人物のなかではしっかり記憶に残る八戸の偉人である。

「ええ、伴蔵の五代目の方ですよ。校長さんを退職されてから八戸で郷土史の研究をされていますが、十次郎が手がけた穴堰ですから、ぜひ見たいとおっしゃるので、横穴から中へ入ってもらいました」

蛇口と山野は管理棟のスタッフに先導されて、穴堰の本坑に入った。中は当時のまま奇麗に保たれている。百五十年間、山中に埋もれていたとはとても思えない新鮮な場景である。ヘルメットに付けたヘッドランプが照らす天井には手掘りの跡の小石がきらきらと光り、まるで星座を見るようだった。懐中電灯に浮かび上がる壁面には小さな蝙蝠《こうもり》が休んでいる。空気が素肌に心地よい。

「十次郎と伴蔵の夢の跡ですな」

「これこそ武士道の遺産です」

二人はこんな会話を交わし、管理棟へもどった。

すると一昨日、十和田文化倶楽部へ蛇口がやってきた。

蛇口家が所蔵していた八戸開拓関係の証文や古文書は、ずっと以前に八戸市へ寄贈したのだが、十次郎と伝がそれぞれ伴蔵へ宛てた書状などは手元に残されていた。それは三本木開拓に関わる新渡戸家の文書なので、十和田の記念館へ寄贈すればよかったが躊躇していたのである。このほど穴堰を見学し、この貴重な遺産の保存に山野が私財を投入していることを知り、ならば山野が主宰する歴史文化研究会へこれらの書状なども寄贈したい、と蛇口から有難い申し出があったのである。

それで研究室へ持参したのは、七点の書状と証文一通、それに南部土方衆と伴蔵との間でかわした契約書だった。山野はデスクトレーを卓上におき、手袋をした手でこれらの古文書を取り出した。

十次郎の書状は、伝に代わって新田御用掛となった安政四年のものが二通、稲生川の上水に成功し、三本木原の初田で田植えと稲刈りをした万延元年が三通、それに勘定奉行として江戸へ行くことになった文久二年が一通ある。そして伝からの書状一通は万延二年のものだった。

書状の日付を確認していた八木沢の手がとまった。

それは万延元年九月二十二日のもので、伴蔵が十次郎から技術と南部土方衆のあっせんを受けて、八戸で穴堰を掘る上水事業に成功したときの書状だった。三本木でもこの年、開田と町づくりが順調に進捗《しんちょく》して移住者も増え、五月には稲生橋の渡り初めがあった。そして八月二十六日に藩主利剛の一行が三本木開拓の巡見に訪れ、伝が命じて新築した本陣に一泊している。翌日、十次郎は開拓地の各所を案内した。利剛公は築造した用水路や天狗山の穴堰の取水口を視察し、最後は鞍出山へ登り、休所から三本木原を一望した。稲生川は銀色にきらめき、田畑と木々の生い茂る緑野が八戸のほうへと広がっている。公はことのほかご満悦であった。

書状は、晴れがましい気分のなかで書いたものなのだろう。

初雪相催し候折柄、愈々御揃いご機嫌よく遊ばされ候由、（後略）

と弾むような書き出しで始まり、伴蔵の上水事業の成功を讃え、来春は用水路の崩れに気を配るように助言をし、新田は二千石増をもたらすことになると伴蔵を励まし、三本木開拓の現状と藩主の巡見について事細かく報告し、結びに伴蔵（号・山水）へ歌を贈っている。

今よりは名付ける名の山水も　清く流れん末の世まで

いかにも二人の間柄を表現した歌である。

十次郎と伴蔵のことは、八戸市の教育委員会が道徳教育用にビデオ教材を作っていて、八木沢も観たことがある。

八戸藩士の蛇口伴蔵は二十歳の時に江戸勤番となった。江戸で陽明学や易学を学び、「倹約で富を成し、世に役立ててこそ学問」の教えを信条とした。八戸へ帰ると屋敷を売った資金で商売を始め、儲けることに徹し、二十年間で三万両もの大金を手にした。「商人サムライ」と陰口をたたかれたが、伴蔵の真骨頂は隠居してからである。伝が三本木原の開拓に乗り出すと、伴蔵は貯めた大金で八戸の荒野を潤す水利事業を始めた。二年後の安政四年九月、父に代わって三本木開拓を指揮することになった十次郎が、八戸に伴蔵を訪ねて来て二千両の融資を申し出た。

「開拓は新渡戸家が天から授かった使命と心得ております」

十次郎は真剣をふりかざすようにいった。

「十次郎殿、御家では騎馬具足、太刀、刀、脇差、短刀、槍などいずれも銘のある先祖伝来の武器を売って、開拓の用金にされたと聞き及んでいるが誠でござるか」

と伴蔵は正面から受けて立った。

「戦に必要なものは残しております。父は蛇口様同様、商人をして江戸、京都、大坂を回り、市井の動静を見てまいりましたゆえに、国を豊かにするにはどうすればよいか、つねづね考えておりました」

「十和田湖の水を引き、三本木に新たな町をつくる。見事なものじゃ」

伴蔵は手放しで伝を褒めた。

「原野を拓き、食糧を増産して凶作に備える。父は当面、二万石の灌漑《かんがい》を見積もっておりました。身どもが事業をつぐことになりましたが、土地を拓くには人、耕すにも人、そして人を集めるには立派な町がなくてはなりません」

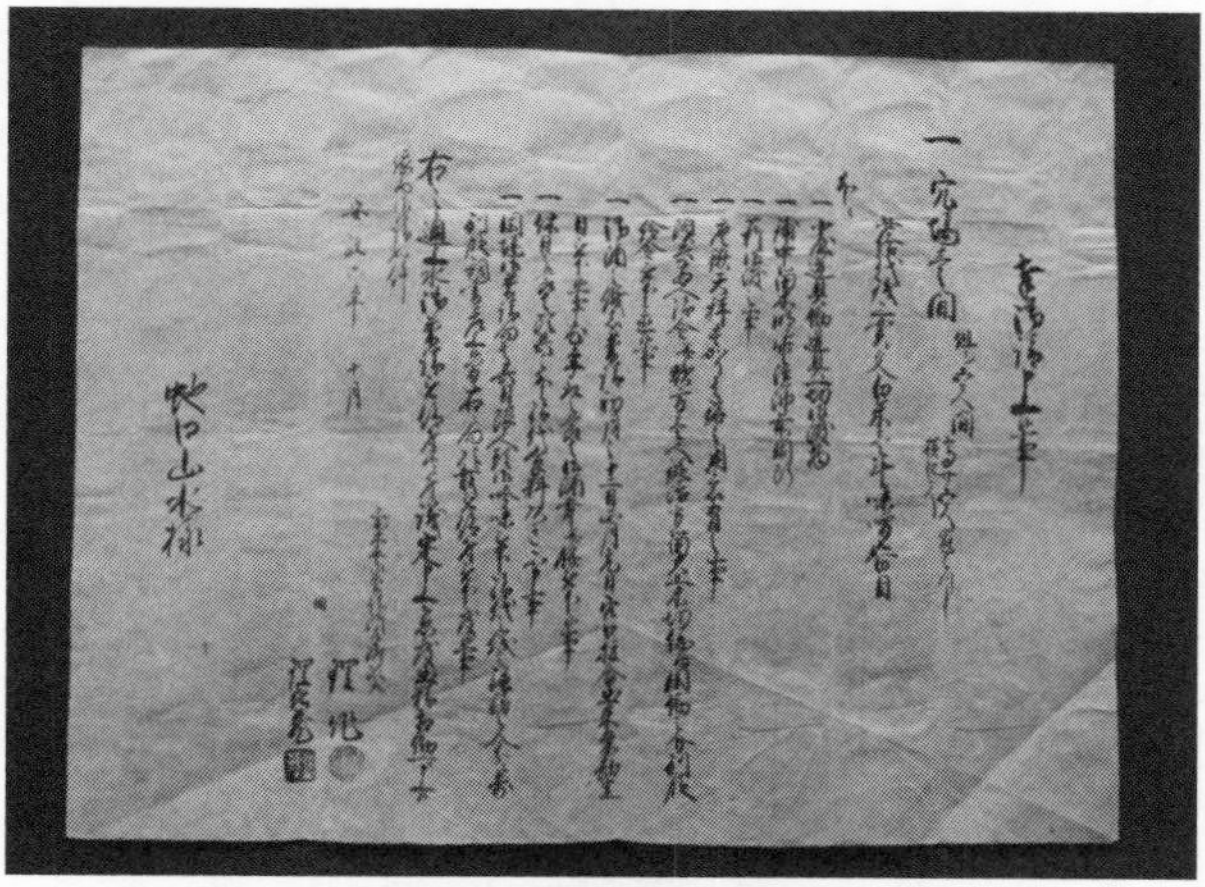
契約書　「奉御請申上従事」
（安政六年十月、十次郎配下の技術者から伴蔵宛）蛇口剛義氏提供

と十次郎は伴蔵に切々と訴えた。

「それがしも思いは同じ、そなたのいうとおりだ」

「移住者の家を新築するため、人夫三百五十人、大工と職工五十人を雇うことにしましたが、資金が足りませぬ。なにとぞご融資を願い奉りたくお願い申し上げます」

十次郎は威儀を正し丁重に頭を下げた。

「それまで、それまで、面をあげられよ」

伴蔵はおだやかにいうと、一通の証文を

すっと差し出した。

二千両とだけ記されていて、二人の氏名はあるが利息も期限もない。

「開墾は天下国家の事業でござる。お力添えするのは蛇口伴蔵の使命。どうか気遣いなく用いられよ」

とだけ申し渡すと立ち上がり、座敷から出て行った。

これ以後、二人はすっかり気脈を通じ合う仲となった。伴蔵は稲生川の水を用水路で八戸平野へ通し、さらに太平洋を臨む百石村の海辺まで引く構想を実現するために、十次郎へ協力を求め、私費を投じて土木工事を始めていた。

幕末の文久二年、盛岡の新渡戸家では八月に稲造が生まれた。開拓に専念していた十次郎は十月、再び江戸詰めの勘定奉行となり三本木を去った。四年後の慶応二年三月、お役御免となって三本木にもどってきた十次郎は、三本木平野の水不足を補うため、ただちに第二上水工事に着手し、鞍出山にもう一本の穴堰を掘る工事を始めた。ところがこの夏、人夫への賃金の支払いが滞り、暴動がおこりそうな不穏な空気が漂い始めていた。南部土方衆の惣頭取からの噂を耳にした伴蔵は、千両箱を馬の背にしばり開拓会所へ出向いた。

以前借りた二千両は利息さえ支払っていなかった。

十次郎は新たに借用の証文を交付しようとした。

伴蔵はそれを制し、頬に笑みを浮かべて腹づもりを明かした。

「それがしは、おのれを利するため蓄財をしてきたのではござらぬ。おのれを利する念を払い、商人サムライと陰口をたたかれながらも天下国家を利する秋を待っておった。案ずるのは無用でござる。京のような町を造ってくだされ」

この夜、伴蔵は本陣に一泊し、翌日は十次郎の案内で掘削が始まった鞍出山の二本目の穴堰を見学して帰路についた。

これは紙芝居に描かれた十次郎と伴蔵の物語なので、脚色されているのだが、山野は二人の私心のない交流に魅力を感じていた。その伴蔵の五代目からの寄贈である。光栄なことで喜びも一入だった。

八木沢は目をとおし終えると請け負った。

「みんな一級の資料ばかりですね」

「そうですか、それは何よりです」

「山野さんもご承知のように、開拓の資金は文久三年、十次郎が江戸の藩邸で利剛公に陳情し、向こう十年間、毎年二千両ずつ拝借することになっておりましたが、足りるはずはなく、豪商や御給人から出資を募っています。伴蔵の三万両の蓄財の多くも、三本木へ投資されたのでしょう」

「蓄財は天下国家を利するため、という伴蔵の言葉に嘘はなかったということですな」

と山野は卓上の古文書をながめながらつぶやいた。

「まさに稲造博士のいう武士道ですね」

稲造は時敏から伴蔵のことも聞かされていたに違いなかった。富める者が社会的な責任を果たすのは、武士道の品格そのものでもある。

八木沢がもちだした武士道に思うところがあるのか、山野は不意に、

「記念館が稲造博士を顕彰するのは、結構なことですがなあ――」

とこぼしたが、あとは言葉にせずに黙ってしまった。

「資料はしばらくお預かりします。校注を入れて翻刻し、原本をお返しするときには、データも焼き付けてお渡しします」

「有難いですな。本来なら記念館が所蔵すべきでしょうが、できないのは残念です。私も蛇口さんの信頼に応えようと思っていますよ」

「山野さんは、現代の十次郎ですね」

「いやあ、そこまで担がれると、面映ゆいですな、ははは……」

山野は満更でもなさそうに笑うと、

「ところで、沙紀さんどうしていますか」

と世田谷での消息を気にかけた。

「お盆前に礼状をいただいていますが、それからはまだ、何も――」

「実は改めてご相談したいことがありましてな、先生が連絡を取られるなら、山野の意向も

一言、伝えてください」

「博士の英文日記のことで武子さんにお会いしたい、とお願いしていますが、まだ、返事がありません」

「ほう、英文日記ですか」

「新渡戸文庫の法人化のことで、確認してみたいのです」

「なるほど、法人化は博士のたっての要望でしたからな」

「記念館問題の解決に道が開けるかも知れません」

「うむ、楽しみですな、まずは面会が首尾よくいくよう願っています。結果はぜひ報せてください」

「もちろんです、一番にお伝えします」

と八木沢は約束した。


八日後、沙紀からの報せを受けて、八木沢は上京した。

渋谷の「ハチ公前」で待ち合わせ、田園都市線に乗り用賀で降りた。馬事公苑の通りを歩き、武子が入居している有料老人ホームを訪れた。三階建てのホームは外観も前庭も清潔で美しく、高級ホテルのようである。エントランスホールへ入ると、沙紀が母の部屋からは富士山がよく見えますの、と明るい声で教えてくれた。

ドアは開いていた。「お母さま」と沙紀は室内へ声をかけ、入口でふりかえり、目で入室するように促した。武子は窓辺の安楽椅子に座って客人を待っていた。彼女は八木沢を認めると、まなざしがすっとやわらかくなり、薄く紅を引いた口元がゆるんだ。花柄のブラウスを着ている。

八木沢はすすめられた籐椅子に腰をおろし、メモ用のノートを手にした。相手は十次郎から四代目、稲造博士の令孫である。武子こと加藤女史が新渡戸稲造の研究誌と全集に執筆した論文や随筆のほとんどに八木沢は目をとおしている。かれは生徒のように背筋を伸ばし、対面した。

「沙紀からあなたのことは伺っておりますのよ」

と女史は切り出した。年齢を感じさせない若々しい声である。

「大正十四年、博士のジュネーブ時代の日記に、太田少佐のことが書かれていないか、あればその内容を知りたい、と思っております」

訪問の目的を八木沢は伝えた。すると、

「日記は公開できないことを十分ご承知で、わざわざいらっしゃったようですけど、できないことはできないのです」

ぴしゃりと、線を引くように女史は云った。

沙紀がジュースの入ったグラスを丸いテーブルにおいた。

八木沢はノートのメモを読み、顔を上げた。

「イエスかノーかで、答えてくださいますか」

「さて、何でしょう」

「大正十四年、太田少佐の名前はありませんか」

「そのことでしたら、正確に申します」

女史はひと呼吸おくと、応えた。

「お尋ねの年の三月、太田は南部伯爵夫妻に随行して世界旅行に出発しております。そもそも太田が日本を発った目的は祖父の訪問ではありません。この世界旅行の途中で、伯爵夫妻はジュネーブの連盟本部に祖父を訪ね、さらにレマン湖のほとりの屋敷、えーと沙紀、なんと言いましたかね」

と女史は、娘の方へ顔を向けた。

「レザマンドリエ、アーモンドの木々って意味です」

沙紀が懐かしそうな表情で応えた。それは連盟が稲造に用意した城の尖塔のような形をした美しい屋敷で、レマン湖とその向こうにはモンブランをながめることができた。戦後は時計会社の本社になっていて、沙紀はジュネーブ時代に何度かこの屋敷を訪れ、室内を見せてもらったことがある、と話を広げた。

「伯爵夫妻は、そのレザマンドリエに泊まられています」

「太田少佐も、ですか」

「ええ、そのようです」

「日記に名前が書かれているのですね」

八木沢が念を押すと、女史はいったん視線を手元に落とし、それから硬い表情で、

「この際申し上げておきますが、あなた様は日記のことを深読みなさっておられます。祖母のメリーが公開をするな、と私に命じたのは単純で良識的な判断からなのです。どうか興味本位にとらないでいただきたい」

というと、祖母メリーが語った非公開の理由を明かした。

日記はメモ書き的なものが多い。稲造は仕事で疲れた身体で机に向かい、大事なことの要点だけ記している。日記は稲造には覚え書きの役割を果たしていたようだが、そのままだと第三者が読んでもつまらないし、何のことかよく分からないだろう。いっぽう長文で記されているものは、ほとんどがプライベートに係る外からの相談事である。それらの内容は当然のことながら公にすることはできない。

なるほど、と八木沢は納得した。想定通りでもある。

かれは話を新渡戸文庫の法人化のことだけに絞ることにした。博士の意向は果たして太田に伝わっていたのだろうか。

「そのことですよ」

と女史はにわかに声を強めた。

立ち上がると、壁際の小机の抽斗から用紙を二枚取り出した。椅子にもどり、眼鏡をかけてじっと用紙に目をとおしていた。それから眼鏡を外し、客人へ差し出すように、と娘にその一枚手渡した。

用紙には日付が五点記され、それぞれに箇条書きがしてあった。いずれも女史が稲造の英文日記から、文庫創設に関することだけを抜き取り要約したものであった。最初の三点は博士が連盟の事務次長時代に太田常利へ宛てた手紙の覚え書きの要点である。そしてあとの二点は、東京の小日向の私邸（ニトベハウス）で綴った日記からの抜き書きである。


大正十一年七月二十四日、稲造は横須賀鎮守府気付で、横須賀航空隊気球隊長の太田少佐へジュネーブから書簡を出し、図書館建設の土地について太素塚周辺はどうか、と提案した。

大正十二年五月十八日、退役して三本木に帰郷した常利からジュネーブの稲造へ、図書館に新渡戸家に代々伝わる古文書や武具などを保存したい旨申し出があり、稲造は了解の回答をした。

大正十三年四月八日、稲造は十二月から翌年二月まで日本に帰り滞在するので、図書館に収蔵する物品について相談したいからこの間、常利に上京するように促す。

大正十三年十二月十四日、一時帰国した稲造の小日向のニトベハウスに常利が来て、図書館の設計図、外観などを検討。新渡戸家代々の遺品、三本木開拓に関わる文書類や武具、稲造の蔵書を図書館に保存することになる。

昭和二年十月六日、稲造は三本木町に招かれ、常利宅に宿泊。開館した文庫の案内を受けて満足。「博覧啓蒙」と和紙に揮ごうし、文庫は私設ではなく、先々必ず法人化するように常利に申し伝える。

八木沢が一読すると、女史は待ちかねたように補足した。

「法人化のことは、文庫が完成した後に出てきたように取れますが、太田が三本木に図書館の建設を提案した当初から祖父は法人化のつもりでした。博覧啓蒙の言葉は決して思いつきではありませんよ。もともと盛岡の本家にあった先祖伝来の宝物を小日向のニトベハウスへ運び、さらに三本木へ移したのです。私物化をせずにお世話になった三本木のみなさんに自由に観て頂きたいというのが祖父の願いだったのです」

「これを読むと、図書館をつくるに際して、博士の意向は十分に生かされているように思いますが」

「ええ、太田はよくなさっていますよ。建設費は自前ですし、運営も自腹だったようです。ただ私物化だけが困ったことです」

「太田少佐は町か県への寄贈を検討しなかったのでしょうか」

八木沢は蛇口家のケースを思い浮かべた。

「太田は三本木では名士ですからね、法人化も寄贈も頭のなかにはあったと思います。でも結局できなかった」

「なぜでしょうか？」

「十和田の分家が反対したのでしょう。文庫は新渡戸家の系図の正統性を裏付ける手段ですから、手放したくはなかったのです」

「系図の正当性ですか」

「そうですよ。このことにつきましては、私は今から十年前、稲造研究者が組織する小日向会で講話をさせて頂きました。さらに翌年には講話の内容を整えて、『ひとり歩きする新渡戸稲造の虚像』のタイトルで研究誌に発表も致しました。あなた様もお読みになっておられるでしょう」

「ええ、もちろんです。十和田新渡戸家の戸籍への疑問と記念館の新渡戸家文書のことが十分な検証をされた上で書かれていて、大変説得力がありました」

と八木沢は率直にいった。

女史のその論文は、十和田の記念館が勝手につくって流布させた新渡戸稲造の「虚像」を正そうとする使命感が随所にみなぎっていた。記述内容は客観的で、あいまいな表現がなく、具体的だった。

女史の表情はやわらいだ。

「戸籍の件は祖父も受け入れおりますが、間違ったことが歴史になるといけませんから、正しい事実だけを書かせて頂いたのです。文庫の法人化は祖父の遺言でもありますので、このことだけは何としても実現したい、と今でも思っておりますの。記念館の武具や古文書は新渡戸家本家の家宝です。十和田に持ち去られてしまいましたが、本来なら、盛岡か花巻へ寄贈すべきもので、私物化は決して許されないのです」

「その件ではいま、十和田市が記念館の建物の耐震診断をして、廃館する方向なので、館長が耐震診断に反対しています」

「ええ、沙紀から聞いております」

「市民の側では、個人所有の文化財にいつまでも多額の税金を出し続けるのはけしかん、という声があるそうです」

と廃館問題の本質にふれると、

「もともとそれは、祖父が懸念していたことなのです。私物化するからそのようなことになる。祖父が健在なら、この際、預けたものをみんな本家に返してくれ、というでしょうね」

と女史は強い口調でいった。

「もし返却されたら、世田谷で保管することになりますか」

「世田谷には祖父の文書などが大量にありますから、まずは一緒に保管する。後のことはそれからです」

「それはつまり、寄贈先のことですね」

と八木沢が肝心なことの念押しをした。

女史は娘のほうへ目をやった。

沙紀は二人のやりとりを黙って聞いていた。母に促されるようにうなずいた。

「これからのことは、娘が決めることです。十和田と世田谷のものをだれもが納得できるところに寄贈できればと願っています。そうなれば私も安心して祖父母のいる天界へ旅立つことができますから」

と女史は静かな口調で託すようにいった。

夕刻、渋谷に戻り、二人は道玄坂のレストランで夕食を共にし、新渡戸家の人々のことを少し話題にした。

沙紀が母はだれと一番似ているだろうか、と訊いた。

それで八木沢は躊躇なく十次郎ですよ、と応えた。人格を何よりも大事にしている様子は稲造と共通しているが、人物像の印象で云えば、武子女史は明らかに稲造が語った十次郎と似通っていた。

明治四十二年に井上泰岳という記者が編さんした『我半生の奮闘』という本には、このころの著名人たちの回顧談がある。この本のなかで稲造は自分に影響を与えた五人の恩人のことを語っていた。順番は父十次郎、祖父伝、母勢喜、叔父太田時敏、そして北海道の友人と自然である。武子女史の著作物を読み、実際に会って話を交わしながら、八木沢は稲造が語った十次郎を思い起こしていた。例えばこんな話である。

父の十次郎の気性は極めて厳格であり剛邁であり、その挙動もなかなかはきはきして居て而も議論家であった。ちょっと人に会うにも必ず袴を着けて堂々と会う。物を云うにしても決して鉢合わせの生返事などのことを為さない。一言一句十分の責任を以て云うくらいで、生真面目の度が実に激しいものであった。極めて厳格の性質であったので、若党が朝夕の御膳を運んで来る場合に、もし膳の横に少しでも埃が乗って居るとかの粗末などでもあれば直ぐにポンと突きのけて、「埃が食えるか」と叱りつける。一個の意見を主張する時などは議論縦横だれかれの容赦なく遣りつけると云う風で、そのはきはきした事が丁度佐久間象山の風あるなどと世間の人がよく云っていた。

八木沢はこの話のなかから、厳格とはきはき、生返事をしない、議論縦横などの挿話をオブラートに包みながら沙紀に話した。

「まるで母は、男十次郎ですね」

と、沙紀は表現した。

「十次郎は大変優秀な人で、何事にも堪能だったそうです」

と褒めると、指をおりながら、剣術、柔術、弓、槍、馬術、和歌、漢詩、囲碁、生け花、茶の道と数え、どんなこともひと通りの免状はもっていたことを紹介した。

「尾ヒレがついたにしても、大変な万能人」

「能力は稲造博士に引き継がれていますよ。ただ、人物は明らかに違う。博士は忠恕、寛容の人です。十次郎は今日でいうと大変有能なテクノクラートですね」

「当然、敵も多かったでしょうね」

「十次郎は金箔つき、何でもできる看板付きの武士。しかしあの気性では人に重荷を背負わされて、しまいにその為に倒れる、そんなことがなければよいが、と伝は心配をしていました」

「昔から、誤解と讒言《ざんげん》は新渡戸につきものでした」

と沙紀は代々の災厄を口にした。稲造の曽祖父維民、祖父伝、父十次郎、そして稲造自身も軍部の糾弾にさらされている。

「十次郎の場合、藩主に重用されて勢力は家老を凌ぐほどになるから、反発を招き嫉妬を生む。時代を先取りした政策や事業をつぶそうと、讒言する者が出てくるわけです」

「それで穴堰も幻になってしまった」

「残念至極ですよ。十次郎は百年先の日本を見ていた」

と八木沢は応えながら沙紀の背後へ目をやった。外はすっかり暗くなっている。明日、彼女と小日向のニトベハウスの跡地を訪ねることになっていた。どちらからともなく話しを切り上げ、店を出た。

翌朝、東京駅の丸の内中央口で待ち合わせた。

タクシーを拾って文京区小日向二丁目へ向かった。十分ほどで新渡戸邸があった小日向台へ上がる服部坂についた。この辺りは戦前、旧華族の邸が多かったが、売り払われて官舎や社宅が建ち並んでいる。急勾配の坂道をゆっくり上った。汗が額に吹き出してくる。

稲造は明治四十三年、見晴らしの良いこの台地に千二百坪の敷地を購入し、和洋合わせて二十以上も部屋がある二階建ての大邸宅を建てている。世界中で出版された『武士道』はもとより、人生論、処世術、随筆など一般国民向けに次々とベストセラー本を出版した稲造には多額の印税収入があった。妻メリーのフィラデルフィアの実家を模して建てたといわれているこの豪邸は、外国から来た客人のゲストハウスや民俗学などの研究者の集会場所、それに門下生や教え子たちの宿舎に使われ、人の出入りが絶えることはなかった。

この豪壮な邸は、稲造が死去した後は国に売却された。戦後、建物は解体されて、跡地に四階建ての国家公務員宿舎ができた。二人が息を切らしながらそこへたどりつくと、すっかり老朽化した宿舎に人の住んでいる気配はなかった。周囲に樹木の緑はなく、目につくのは住宅やマンションの殺風景な壁ばかりで、写真で見るニトベハウスの風情は何も残っていなかった。

太陽が薄曇りの空から、日差しを降り注いでくる。

「がっかりなさったでしょう」

沙紀は目を細めて宿舎を見上げた。

「だれも住んでいないようですね」

「売りに出ているそうです。マンションになるのでしょう」

「小日向の明治の面影は遠く去りにけり、ですね」

よく知られた俳句を真似て云うと、
沙紀は周囲を見渡しながら付け足した。

「明治どころか、大正も昭和も、ですよ」

「博士の魂はいま、どこでしょうか」

「さあ、どこなのでしょうか」

沙紀は自らに問いかけるようにつぶやくと、

「きっと、武士道を大切にする人のなかにいますよ」

と真面目な顔で云った。

メトロの丸の内線で東京駅へもどった。

予約している新幹線の出発時刻まで充分に時間があった。それで沙紀の行きつけの喫茶店へ足を運び、八木沢は十次郎のことを話した。

天保十年（一八三九）十月、十次郎は十九歳のときに算術稽古のため江戸への留学を命じられ、小姓や御勝手方として江戸藩邸に長らく勤務するようになる。一旦盛岡に帰ったが、一八五一（嘉永四）年には三十一歳の若さで江戸勘定奉行に取り立てられ財政難に苦しむ南部藩の改革に取り組んでいる。

十次郎が施政の柱としたのは、「二道四正」である。

このころ、藩政の二つの課題は度重なる一揆への抜本的な対応と、脅威となり始めた外国船に備えての海岸防御であった。この二道を達成するために為政者の心構えを示したのが四正で、明確な出処進退、厳正な賞罰、信義ある行動、事態への勇猛な対処である。

百姓一揆が絶えない南部藩にとって領民撫育は切実な課題であった。十次郎は一揆を誘発した専売制の強化や御用金に反対し、徹底した緊縮政策で藩財政を立て直そうと努めた。

気の病を得てお役御免となり盛岡で休養していた十次郎は、健康を取り戻すと、三本木開拓はもとより箱館勤番や下北半島沿岸部の砲台建造などに従事し、文久二年（一八六二）十月、再び御勘定奉行として江戸に呼び寄せられた。

十次郎が二度目の江戸詰めになったこの時期、江戸や京では幕府と公武合体派諸藩、それに尊王攘夷派が対立し政治的な主導権をめぐって混乱が続いていた。開明派の十次郎は政事総裁の側近など幕府重役へ働きかけて、寛大な長州処分、海防と国防の強化、武家救済の棄捐令《きえんれい》、大砲と軍艦建造の推進、そして横浜鎖港問題などを建白している。

いっぽう南部藩財政の立て直しのため、十次郎は文久三年五月に横浜の問屋商人との間で約定《やくじょう》を交わし、南部藩産の生糸の販売経路をつくった。ところがこの年の下期、幕府は五品江戸回送令の施行を強化した。それで江戸屋敷に保管されていた南部藩産生糸の横浜港からの出荷が思うようにできなくなり、十次郎は苦境に追い込まれた。

翌文久四年の秋ことである。

くだんの問屋商人が英国貿易商会支配人のホープを伴い、十次郎を訪ねてきた。ホープは南部藩の生糸を直接買いたいと申し入れ、洋銀三万枚の前渡し金を用意していた。江戸屋敷の生糸は江戸での国産御用掛である十次郎の権限で売ることができた。しかし南部領内の生糸は、専売制を強化した藩が領内に設置した国産御用所に集められている。この御用所の権限は従来から十次郎と対立する家老南部監物が持ち、監物の周りは攘夷派の藩士が取り巻いていた。

商談を成立させるため、十次郎は盛岡へ使いをやり、監物から生糸直輸出の承諾を取ると、ホープから洋銀三万枚を受け取った。すぐに江戸屋敷の生糸はホープへ引き渡された。ところが南部藩内の国産御用所の生糸は、「いかに財政が窮乏しているとはいえ、幕府の意向に背いて外国人に融通を求めることはけしからぬ」との理由で、引き渡しが取り止めになってしまった。

これは十次郎に敵意をもっている監物一味の姦策《かんさく》であった。残りの生糸が受け取れなくなったホープは、南部藩の契約不履行を幕府に訴え出た。藩では引き渡しができなくなった残りの生糸を横浜と江戸の名主に工面してもらうことで、ホープに訴えを取り下げてもらった。生糸貿易の不始末で藩政を煩わした十次郎は持病を再発させ、慶応元年二月に盛岡へ帰り休職した。

翌慶応二年三月、失意から立ち上がった十次郎は、三本木開拓に夢を託し、開業之記に描いた壮大な都市づくりに励むことになる。不足する水を確保するため第二次上水計画をスタートさせ、鞍出山に二本目の穴堰をとおす工事にかかった。

ところがこの年の九月二十七日、十次郎のもとへ藩から使いが来て、「吟味の筋あり、他出まかりならぬ」とのご沙汰が下った。吟味はホープへの生糸空売りの件である。翌年六月から藩の取り調べが始まり、八月二十九日に十次郎は、「お咎め」の処分を受けた。

誇り高い十次郎の気落ちは烈しかった。座敷牢に蟄居《ちっきょ》し、部屋から一歩も出ない生活を自らに課した。

先の『我半生の奮闘』では、稲造はこの時の父を回顧している。

侍者はその健康を気支って「朝夕はお庭を逍遥して朗らかな空の清い風にお吹かれなさい」と勧めても藩侯の特命のない限りはと云って縁先にも出なかった。「咲かざれば桜を人の折らましや桜の仇は桜なりけり」の古歌に縁《ちな》んで「桜花物語」と云う弁訴の一冊を遺して居る。平常韓非子を愛読して居たがその性格行動が極めて韓非子流であった。仕事も華美であっただけ敵も多くできた筈である。没《な》くなったのが慶応三年で、予が正に五歳の時である。


十二月二十三日十次郎は危篤になり、翌二十四日未明に病没した。

この日、新渡戸家は藩邸へ家来を使わし、「大病」の届け出をした。

すると重役から、明日、藩主の使者が十次郎を見舞い、「お咎め」を免ずる所存であると申し渡された。

「お咎め」免除の報せを受け、新渡戸家では家人総出で使者を迎える支度をした。床に伏している十次郎から死装束を取り払い、額ぎわの月代《さかやき》をととのえ、伸びた髭を剃《そ》り手足の爪を切った。小袖の上に家門入りの肩衣《かたぎぬ》を着せ、侍者が背中を支えて床に座らせた。その日、座敷に迎えられた使者は十次郎に向かい、「御咎の処、本日格別の思召しを以て御免申し渡す」と重々しく告げた。翌日、新渡戸家は改めて、「病死届」を藩庁へ差し出した。

話を聞き終えると、沙紀はぽつりと云った。

「桜の仇は桜、なのか……」

「座敷牢で汚名がそそがれる日を待っていた。かなわず苦悶の末に果てたが、名誉は回復され本望だったということですね」

と八木沢は武士道で話をしめくくった。

「それにしても、最期は鬼気迫るような話……」

沙紀は冷めたコーヒーを口に運び、ふっと息を吐いた。

一緒に駅舎へ引き返し新幹線の改札口で別れた。九月下旬、彼女はもう一度、十和田を訪ねたいと告げた。


その九月の第三土曜日の午後である。

八木沢は十和田市の三本木中学へ出かけた。学校のある周辺は明治から戦前まで軍馬補充部の用地だった。今は大木の生い茂る広大な敷地のなかに図書館や美術館、それに野球場や相撲場などの公共施設が並び、駒街道と呼ばれる官庁街通りが桜や松の並木道をつくっている。この周囲一帯の景観は十次郎が開業之記に描いた都市のように美しい。クルマをゆっくり走らせ、陸上競技場の側にある中学校へついた。

正面の教棟の西の端から吹奏楽の演奏が聴こえてくる。

玄関に入り、事務室の奥に一人座っている当直員に用件を告げると、かれはのっそりと窓口へやってきて、みんな音楽教室へ移動しているので、直接行ってくださいと指示された。

上履きにはき替え、ときおり廊下ですれちがう生徒と挨拶を交わしながら、四階の音楽教室へ向かった。吹奏楽の演奏は終わって合唱が始まっていた。どうやらリハーサルをしているようである。

女子生徒が大半だが、教室は楽器を手にした部員たちでいっぱいである。みんな譜面台を前にして学習椅子に腰かけ、三本木小学校の合唱部の歌声に聴き入っていた。歌う児童たちの前には録音用のマイクが立てられていた。リハーサルとはいえ、なかなか物々しい雰囲気なので、なかに入るのをためらっていると、壁際に並んだパイプ椅子に座っていた山野が八木沢に気づき、横の空いている席へ手招きしてくれた。

再度、吹奏楽部と合唱部がリハーサルをして、レコーディングが始まった。幻の穴堰に棲息している三種類のコウモリたちの一日をコミカルに仕立てた合唱曲、「コー・コー・コウモリ、不思議なトンネル」、それに三本木原開拓の歴史と十和田市の未来を叙事詩で綴り音楽で表現した吹奏楽曲、「恵みのふるさと」がレコーディングされた。

この二つの曲の制作者は、十和田歴史文化研究会である。会長の山野がテレビアニメの主題歌を数多くつくっている知人へ作曲を依頼し、この作曲家と親交のある作詞家が詩を書いていた。会ではＣＤにして県内の市町村や教育委員会と学校、それに希望する生徒や保護者に無料で配布することにしていた。もちろん穴堰の管理事務所でも見学者に進呈することになっている。

合唱は楽しく、吹奏楽は深く厚みがあった。

レコーディングが終了すると、関係者は校長室へ集まって歓談した。山野は協力してくれた児童と生徒を褒め、校長と保護者へ丁重に感謝を伝えた。感想を求められた八木沢は、ゼミの学生たちに聴かせ、フィールドワークで穴堰を調査したい、と応えた。

「新渡戸記念館にもCDを置いてもらったら良いですなあ」

と保護者のなかから声があがった。

「それはええなあ」

と周りの者も賛成し、視線が山野の方へ集まった。

「学校の方からいかがですか」

と山野は小中の二人の校長の考えを質した。互いに顔を見合わせて間を図り、中学校の校長が申し出た。

「難しく考えることでもありませんが、ここはひとつ学校よりも、市教委の方から贈与ということにしてくだされば万々歳かと」

聞いていた八木沢は何が万々歳なのかわからず、小役人的な提案に腹がむず痒くなったが、

「おっしゃる通りですね。十次郎もそのように望んでいます」

と山野は学校の立場に理解を示した。

その山野が帰り際、文化倶楽部でコーヒーでもいかがですか、と八木沢を誘った。何か話したいことがありそうな口吻だった。

会長室へ招くと山野は自らマンデリンの豆を挽き、サイフォンでコーヒーを点てた。

ソファに落ち着くと山野は話し出した。

「初めて穴堰に入った時、すぐに詩や歌が欲しいと思いましてね、皆さんにお声かけして動いてもらったのです。何よりも嬉しかったのは学校の子どもたちと顧問の先生方が夏休み返上で取り組んでくださったことですよ。おかげ様で合唱も吹奏楽も素晴らしかった。あなたにご披露したくてお招きしましたが、一緒に聴くことができて感動も一入です」

山野は心底嬉しそうだった。

八木沢はマンデリンを一口味わうと云った。

「聴いていると、駒街道の並木道が目に浮かんできました」

「なるほど、私は鞍出山の山頂から三本木原をながめている気がしましたよ。緑の平野のなかを稲生川がとうとうと流れている。壮大な歴史浪漫を味わっていました。CDの完成が待ち遠しいものです」

「ジャケットはどうされますか」

「東京のデザイナーにお願いしています」

「そうですか、よいものができそうですね。東京といえば加藤武子さんや沙紀さんも心待ちにされていますよ」

と八木沢は二人の名前を出した。CD制作のことは沙紀にメールで伝えていた。彼女からは母や東京に住む新渡戸一族にも知らせるつもりだ、と前向きな返信が届いていた。

「実は、あなたが加藤武子女史にお会いになり、記念館にある新渡戸家文書についてのお考えを女史から直接お聞きになったのは、大きな成果でした」

と山野は記念館のことを持ち出した。

「そのことでしたら、新渡戸家文書のことがありますから研究者としても気がかりです」

「それはそうでしょう、このままではいけません」

「校長はＣＤを市教委の方から記念館へ寄贈して欲しいようですが、市教委は躊躇するかも知れませんね」

と八木沢は案じた。山野は児童生徒が出演しているので学校側を立てて、学校から直接記念館に寄贈するのが望ましいと判断していたが、市と記念館は対立しているので、学校側は腰がひけている。

山野は表情を引き締めた。

「記念館の問題は長引きますよ。耐震診断をすれば建物は倒壊の恐れがある、という結果は目に見えています。館長はすんなり受け入れないでしょうから、こじれたら裁判になりますな」

「廃館をめぐる争いとなると、これは深刻ですね」

「耐震不足は廃館への入口です。十和田新渡戸家が私有する文化財への公金支払が問題の本質です」

「記念館は苦しいですね。もっとも新渡戸家文書という家宝を人質にしていますから、市も力任せに攻められない」

武子女史がいう、「持ち去られた家宝」をやすやすと手放すことは考えられない。記念館側にも言い分はある。

コーヒーを飲み干すと、山野はいった。

「両者ともに裁判は望んでいません。裁判となれば十和田市自体が大きなダメージを受ける。太素塚の伝、稲生川と幻の穴堰の十次郎、そして世界に名のある新渡戸稲造のブランドにも傷がつきます」

「和解の道はないのでしょうか」

「私設文庫から公設記念館への衣替えは、市民の要望もあって、市の方から十和田新渡戸家へもちかけている。その市が破談を言い出したから、金銭的なこともさることながら、分家としては体面がある」

と山野は分家の立場をおもんぱかった。分家には稲造博士肝いりの文庫を創設し、啓蒙博覧に貢献したという誇りがある。一方的な破談は分家の誇りと名誉とをひどく傷つけてしまう。

山野はくりかえした。

「体面は大事です。何事も名誉を尊重しないといけない」

「山野さんには、何かお考えがあるようですが――」

山野は天井へうつしていた視線を八木沢へ向け、ぽつりといった。

「やはり、桜ですな」

「桜、なるほど、桜ですか」

ピンと響くものがあった。

「鞍出山を桜の名所にしたい。麓には歴史文化学習館を建設する。いまその具体的な構想を練っているところです」

「桜の名所と学習館ですか」

「そうです、まあ最期のご奉公ですな」

と山野は照れくさそうにいい、そして説明した。

鞍出山は標高百二十メートルほどのなだらかな山である。

植林されているヒバを伐採し、中腹まではヤマザクラ、ヒガンザクラ、ソメイヨシノ、それから頂上まで白樺とブナを合計三十万本植林して春夏秋冬、山の美しい自然を楽しめるようにする。八甲田山系へと続く隣の丘陵地には駒牧場があるので、鞍出山との相乗効果も期待できる。現在幻の穴堰の管理棟がある場所に建設する学習館には、新渡戸家本家の世田谷文書と十和田記念館の新渡戸家文書の寄贈を受け、三本木開拓並びに新渡戸稲造研究の拠点を目指す。また盛岡にある新渡戸基金や花巻の新渡戸記念館とも連携し、鞍出山を武士道文化の一大発信地とする。これらの取組みには行政の協力支援を仰ぐことは勿論であるが、基本的には山野が財団法人を設立しておこなうことにする。その資金として私財三十億円を用意する。

「三十億円ですか」

途方もない金額である。

「十和田から武士道のルネサンス運動を広げていくのです。武士道を大切にする国造りにお役に立てれば本望です」

と山野は私財を投資する目的を云った。

「新渡戸家文書の寄贈はありますか」

と八木沢は心配した。

記念館の協力がなければ、画竜点睛を欠くことになる。

「十分なことは致します。その辺は察してください」

と山野は応えた。記念館と山野の関係は良好である。

「鞍出山の桜と武士道のルネサンスというのはいいですね」

「まあ十和田のドン・キホーテだときっと嗤う人もいるでしょうが、先々は稲生川の両岸にも桜を植えて、十和田湖から太平洋へと続く世界一の桜並木をつくりたいものです」

山野は十次郎のように夢をふくらませる。

「壮大な計画ですが、私財を使ってなぜそこまで？」

と八木沢は率直な疑問をぶつけた。

「古希をとっくに過ぎた年寄りが何と青臭いことよ、と世間はいうでしょうな。しかしもともと山野の家は代々社会貢献に熱心でしたから、特別なことではないのです。私の場合、余生を武士道の神髄、ノブレス・オブリュージュにかけたいのです」

「ノブレス・オブリュージュですか」

ノブレス・オブリュージュは権力や富をもつ者の社会的な責任や義務を意味する考え方で、現代では多くの著名人がこの考えを実行に移しているが、日本ではまだ馴染みが薄い。

山野は問わず語りに、話し出した。

アメリカ留学から帰国し、大学院で研究生活を始めて間もなく父親の容体が悪くなった。それで学者の道を諦めて十和田へ帰り、父の事業を引き継いだ。時代は高度経済成長の只中である。八戸にセレモニーホールを開業した。さらにゴルフ人口が増えることを見越して、昭和四十三年に旧青森空港の近くの山地三十六万坪を取得し、ゴルフ場経営の準備を始めた。地方としては高額の会員権を発行して資金を募り約一千名の会員を集めた。総工費五十億円をかけて豪華なクラブハウスを有するゴルフ場をオープンさせたのは、昭和五十二年五月である。

ところが予期しない事態が訪れた。

国の第四次空港整備計画に乗り遅れまいと、県議会はジェット化時代にふさわしい新空港の建設を決議した。浮上した計画案は旧青森空港を抜本的に改造するか、または津軽平野の鶴田町のリンゴ園をつぶして新空港をつくるかのいずれかである。このうち改造案については、県は空港周辺の山地を買収して、空港を大幅に拡張整備する計画であったが、地権者に対して事前の打診も相談もなかった。計画のなかにゴルフ場が含まれることを知ったのは、空港問題が議会で論議されるようになってからである。

ゴルフ場の評判は良く経営は順調であった。

整備改造計画通りに滑走路が延伸されると、インとアウトの敷地が分断されてゴルフ場経営は立ち行かなくなる。山野には眠れない日々が始まった。この巨大プロジェクトに魑魅《ちみ》魍魎《もうりょう》の利権がからみ、二案をめぐって二年余り県内では壮絶な誘致合戦が繰り広げられた。そして五十四年八月末、県民注視の中、知事が現空港を改造することに決めたため、山野は苦しい立場に追い込まれた。

イン九ホールが改造する新空港の用地に取られることになった。県からは同規模の用地をアウト九ホールの隣接地に確保するので、そこへ移転すればよい、という誠に杓子定規な提案を受けた。自慢の景観は台無しで、ジェット機の騒音と強風にゴルフ場がさらされることになる。会員権の価格もゴルフ場のブランド力も大幅に下がるのは必至であった。当然、県と争う道もあった。随分と嫌な思いもさせられた。しかし郷土青森の発展に必要な交通体系の整備という公共性を優先し、山野はゴルフ場の全面的な移転を潔く決断した。会員の総会で山野は全面移転に理解を求め、新空港は青森県民の将来に必要なのだと熱弁をふるった。大方の会員の理解と賛同があり、会員権を手放す者は少数に過ぎなかった。

昭和五十七年秋から空港改造工事が本格的に始まり、三年後にゴルフ場は閉鎖された。この間、山野は青森市街を臨む丘陵に新しい用地を確保し、一ホールに二億円の資金を使い、総工費六十億円で現在のゴルフ場を竣工させ、平成元年秋にオープンした。

「用地費が四十一億と休業などの補償三十一億、合わせて七十二億円が会社に入りました。立派な空港ができ、少しは郷土のお役に立てたのかなと思っていますよ。嬉しかったのは会員の皆さんが移転に理解を示し、会員権を手放さずについてきてくださったことです。それで前とそん色のないゴルフ場を気持ちよくつくることができました。行政とは厳しい対立もありましたが、ふりかえればよい勉強をさせてもらいました」

と話の終わりに山野は感謝を口にした。

それで事業の集大成として、十和田から発信する武士道のルネサンス運動に私財を使いたいという。これが山野の武士道なのか、と八木沢は感じ入ったが、適切な表現が浮かばない。すこぶる日本的なノブレス・オブリュージュである。

「おかげ様、ということですね」

と山野の壮大な計画への思いを表現した。

「おかげ様ですか、なるほど、よい言葉だ」

山野は頬をゆるめ、窓外へ目をやった。

九月末の土曜日、沙紀が十和田へやって来た。

鞍出山の管理事務所で、三本木開拓のひと通りのレクチャーを受けたあと、ヘルメットをかぶり、長靴に履き替えて横穴から穴堰へ入り見学した。それから、鞍出山のゆるやかな斜面を登り、山頂の見晴らし台に立った。八甲田の山々から秋風が吹き渡ってくる。

「あそこに学習館が建ちます」

指さす向こうに稲生川がきらきら流れ下っている。

「桜街道が太平洋まで続きますよ」

山野が目を細めた。桜並木が海へ達するまで長生きするのだという。

八木沢はうなずき、力をこめ、

「ここから、ルネサンスが始まるのです」

と十次郎のように眼下の景色へ呼びかけていた。

新渡戸博士の扁額

書斎の机に白い封書が置いてあった。
角ばった字で「西奈篤志様」と宛名がある。封書をかえすと「吉岡健一郎」と名のってい
たがまったく心当たりはなく、住所は八幡浜市となっている。知らない土地ではなく、現役
の教員のころ何度か研修会で八幡浜の高校へ出張したことがあった。西奈が住む松山からだ
とクルマで二時間足らず、山中の国道を走り切ったはてにある港町である。山間から海へ下
る川沿いにびっしりと家屋が建ち並び、町はどこを見ても蜜柑山が丘状につらなり空が狭い。
行くといつも、少し息がつまるような気分におそわれた。
すぐに開封する気になれず、西奈は机からはなれた。スポーツジムから帰宅したばかりで
心地よい疲労感がある。ソファにもたれ、テレビで旅番組を観ているうちに眠ってしまった
ようだ。ゆり動かされ、風邪をひきますよ、と妻の真理子の嗄《しゃが》れた声で目がさめた。夕食が
できたという。食堂へ行き、二人だけの食卓をかこむ。
「手紙が来ていましたね」

茶碗によそった玄米のご飯をさし出しながら、真理子が話しかけてきた。近頃、白無地の封筒で届く手紙は珍しい。西奈が黙っていると、

「知らない方みたいですけど……」

と気にしている。

「まだ、読んでないよ」

「よいお話しならいいですね」

じゃがいもの煮物をとり皿へ移し、真理子は自分のことのようにいった。夫婦はともに古希を一つこえ、世間との付き合いはめっきり少なくなっている。たいていのことはメールのやりとりで事足りている。郵便物は事務的な通知書と企業や商店の広告ばかりである。

「分厚いから、なんだかドキドキしました」

「いまどき手紙なんて、堅苦しくて読むのがおっくうだね」

「まあ、そんな失礼なこと」

真理子はやんわりと諫《いさ》め、黙って食事をはじめた。

夕食がすみ、妻が台所に立つと、西奈は書斎でパソコンを立ち上げてメールのチェックをした。それからおもむろに封書を開けて手紙を取り出した。小さな活字がびっしり六枚分印刷されていた。西奈は読み終えると肩で大きく息をした。今さらなんだ、という気分にかられ、手紙の用紙を机上にぽんと投げ出した。丁重な言葉遣いで、次のように書いてあった。

貴殿もご承知の通り、二〇一二年の今年は新渡戸稲造生誕一五〇年の記念すべき年です。稲造博士は五千円札の肖像となって、人々に広く知られるようになりましたが、名著『武士道』や国際連盟事務局次長時代の功績で、戦前は欧米の政治家や有識者にも高く評価されていた、日本を代表する一流の国際人であり、クエーカーのクリスチャンでもありました。

おりしも松山のタウン情報誌「伊予百展」の秋季号では、生誕一五〇年にちなみ「新渡戸稲造博士と愛媛」の特集を組んでおりました。このなかでいわゆる「松山事件」にもふれておりましたが、文末の参考図書では貴殿が以前にお書きになった論文「松山事件とジャーナリズム」も挙げていましたから、すでにこの特集記事はお読みのことと存じます。屋上屋を架すようですが、少し事件の要点を記します。

県内の各地で講演に招かれていた新渡戸博士は昭和七年二月四日の昼前に松山に着き、出迎えた関係者の案内で宿泊予定の旅館に入ると、午後からの講演にそなえて一休みします。そこへ地元に三社あった新聞社の記者たちが押しかけてきて、時局談を求めます。満州事変から上海事変へと、軍部は国際連盟の日本批判や欧米列強の非難にもかかわらず、中国への進出を強行し、軍事衝突が起きていました。多くの国民は戦闘報道にかたずをのみ、届く戦果に民族意識を高揚させておりました。

世界中に幅広い人脈をもち国際情勢に明るい新渡戸博士に時局談を求めるのは、記者として当然です。博士はいったん断ったものの、ぜひ話してくれとすがる記者たちに応えて、新聞には書かない、という約束をとりつけたうえで、軍部のファシズムが強まる日本への憂国の想いをぽつぽつと語りだします。この談話のなかで、「近頃、毎朝起きて新聞をみると、思わず暗い気持ちになってしまう。わが国を滅ぼすものは共産党か軍閥かである。そのどちらが怖いかと問われたら、今では軍閥と答えねばなるまい。」の発言が海南新聞の好餌となりました。同紙は待っていました、とばかりに博士のこの発言に食らいついて火をつけ、愛国心をあおり軍部にすりよったのです。

同紙は記事や社説で博士の軍閥批判を執拗に非難しつづけたため、ついに全国的な大問題に発展しました。新渡戸は国賊だ、非国民だと糾弾され、命を狙われかねない窮地にまで追い込まれたのは周知の事実です。

ところで松山事件に遭遇した博士の動向を小生が当時の新聞でさぐりますと、松山では四日に県公会堂で一般大衆を対象に最初の講演、つづいて青年会館、そして松山農業学校の三か所となっています。翌五日は八幡浜町へ移動し、愛宕公会堂で一三〇〇名の聴衆を前に講演し、昼過ぎには少年団員三十名と懇談。夕刻に宇和島へ向かい、六日の午後一時半から南予文化会館で一〇〇〇名をこえる人々に講演したあと、宇和島中学校でも学生たちに話しております。

地元紙で判明するのはここまでですが、小生は、宇和島に一泊した博士は松山へもどる途上、宇和町へ立ち寄ったのではないかと推測しております。この町の素封家の子弟のなかには札幌農学校で学んだ者が数人います。クリスチャンの町民も多数いて、町中には立派な教会があります。博士はこの町の老舗旅館に泊まり、有力者の人たちと交流をもったようです。この根拠は貴殿とお会いできましたら、お話ししたいと思っております。

それはさておき、博士は松山で誠に不本意な出来事に遭遇しました。愛媛県在郷軍人会は二月二〇日、「新渡戸博士の反省を求め（発言の）訂正を促しなお肯《がえ》んぜずば已むなく国民の世論にとい、あえて同氏の自決を期せんとす。」とする宣言を発表しております。海南新聞はこの宣言に呼応して「新渡戸氏の自決を促す」と、脅迫ともいえるタイトルの社説を載せ、中央においても各種新聞雑誌その他の刊行物によって事件の真相が伝えられた結果、新渡戸氏の暴言が攻撃弾劾の的となりつつあり、中央の軍部から松山憲兵分隊に真相を照会せよ、と指示があったことを明らかにしています。

帰京した博士は、持病を悪化させて聖路加病院に入院しました。

このような状況下で、ひとり新渡戸擁護で立ち上がった地元の記者が吉岡清吾でありました。清吾はこのとき、大阪毎日新聞松山支局の主任通信員でありました。本人は稲造博士が時局談を語った旅館の場にはいませんでした。そこで、旅館で博士に付き添っていた関係者三人に会い、一問一答形式で詳細に聞き取りをおこない、博士は軍閥批判をしていない、とする証言をとりつけ、大阪毎日新聞愛媛版に掲載したのです。当該の三人はすでに論文を書かれた貴殿に申すまでもありませんが、県会議員森恒太郎、松山農業学校校長国松斗升《とます》、それに同校教諭の菅《かん》菊太郎でありました。国松と菅は札幌農業学校出身なので博士は偉大な大先輩になります。また森は博士を私淑し、博士は森の自伝に心のこもった序を寄せています。

毎日新聞愛媛版は二月二十七日、紙面をほぼいっぱい使い、「新渡戸博士談話誤報事件」という見出しで、三人の顔写真入りの証言記事を掲載しました。海南新聞の記者が新渡戸発言の趣旨を誤解したのである。博士のいう軍閥は中国や世界の軍閥のことで、日本の現在については何も語っていない、とする三人の一致した見解を清吾は記事にしたのであります。またこの日、符節を合わせるかのように、東京では海軍と陸軍から次官と軍事課長が退院していた新渡戸博士の邸宅を訪れ、軍部を代表するかたちで発言の真相を直接問いただしています。そして海南新聞の記事は博士の真意が誤解されたものだ、との合意を得た上で、次官が代表し、「(博士が)重ねて国家のために一段と尽力ありたき旨、申し述べ引き取った」という穏当な談話を発表しました。

愛媛版の報道と、軍部のこの権威ある談話で事態は収束に向かうかにみえました。いっぽう海南新聞にとっては、一連の報道の正当性が問われることになりました。

そこで同紙は全社をあげて反論に出ます。稲造博士が毎日新聞の顧問の職にあることから、窮地に立たされた博士を救うため、「いざ、お家の一大事」とばかりに、松山支局の通信員が忠勤ぶりを発揮したのである、と毎日新聞側の裏事情を憶測して記事にします。精鋭の記者たちが各地へ繰り出し、軍閥批判発言を否定した当該三人とその周辺への徹底した取材をおこない、この三人が博士を熱狂的に崇拝私淑している人物だ、と読者に印象操作をします。その上で松山支局の通信員が報じた博士擁護の記事は、たくみな誘導尋問で都合よく仕立てられたものだ、と愛媛版の報道を全面的に否定しました。

この反論記事のなかで、本人の意に反して海南新聞の肩をもつことになったのは、菅菊太郎の発言でした。

問い詰められた菅は困惑し、「(海南新聞の取材攻勢に) 君、その問題はいい加減にしてくれないか。僕たちも実は弱っているのだ」と苦衷の心境を吐露し、記者とのやりとりの最後に、「新渡戸博士は、まったく学者肌ですべて正直だから困る」ともらしたのです。この発言は、旅館の時局談で稲造博士が心の内を隠すことなく軍部を批判した、と暗に認めたことになりました。

海南新聞の反論記事が出た翌日の三月二日から、東京では帝国在郷軍人会評議員会が三日間の日程で開催されます。初日のこの席で、愛媛県の代表者が新渡戸発言を問題視し、黙過すべきではない、と強硬に主張します。翌日の夕刻、軍人会の糾弾委員会の数人が聖路加病院へ再入院していた博士の病室を訪れて、講演の速記録をもとに軍閥批判発言について詰問しました。博士はひどく狼狽し、「言葉の足りなかったことはなんといっても僕の責任だから、明日、諸君の集会の席上で陳謝する」と約束したのです。

三月四日、博士は全国から参集した評議員の会合の席で演壇に立ち、

「世間を騒がせて誠に申し訳がない。私は諸君に対して陳謝する」と頭をたれ詫びました。海南新聞は三月七日、「兜を脱いだ新渡戸博士　全国郷軍に陳謝す　詭弁を弄しても事実は明白」という見出しで、松山事件を総括する記事を書き、「新渡戸博士が（在郷軍人会評議員の）多人数のまえで頭をたれて陳謝したことは事実を肯定するものでなくて何ぞ。本社の正しき主張はついにむくいられたのである」と凱歌をあげました。

軍部のファシズムに追従せざるを得なくなった、この当時のメディアのことに今ふれるつもりはありません。日本の将来への警世の発言であったにもかかわらず、心ある人々は沈黙し、大多数の国民はメディア報道にあおられ、博士を非国民呼ばわりしました。ところが憂国の思いから発した博士の予言は的中し、日本は滅亡への道を歩むことになったのです。

この年の四月十四日、博士はメリー夫人を伴い反日感情が高まるばかりのアメリカへ旅立ち、政府の要人と会談を重ね、日本の立場を理解してもらうため、一年余り各地で講演しました。そして松山事件から一年七ヵ月後の昭和八年十月十五日、カナダのビクトリアの病院で失意の中、客死しました。

要約のつもりがついつい熱っぽくなり、駄文を連ねることになりました。どうか御赦しください。ここまでお付き合いくださり、心苦しいばかりです。しかし実のところ、お手紙を差し上げようと思った一番の目的は、もうとっくにお気づきでしょうが、小生の祖父である吉岡清吾がなぜ稲造博士の擁護記事を書くことになったのか、その背景を正しく知りたい、という思いからなのです。

これについて、海南新聞は通信員の身分だった清吾の本社への忠勤をあげています。たしかに清吾は事件後に松山支局長に昇任しましたから、本社の意向をくみ取り、本社の指示で動いて擁護記事を書き功がなったといえます。では本社の意向という場合、ひとり毎日新聞だけだったのか、という疑念なのです。もっと上からの意思が働いたのではないか、と最近強く思うようになったのです。

というのは、今から三十年近い前の一九八三（昭和五八）年九月のこと、当時健在だった小生の母が独りで住んでいた農家に見知らぬ人が突然訪ねてきました。この家は八幡浜の山奥の鴫山《しぎ》という寒村にある清吾の生家でもあります。戦後、清吾はジャーナリストをやめて鴫山に引っ込み、ここで百姓をしながら暮らしておりました。ふたたびペンを持つことはなく、戦前に書いた大量の記事の切り抜きや交友のあった政治家や文化人からの書簡、取材用の雑記帳、そして自らが出版していた雑誌類が山積みになった部屋で寝起きをしておりました。小生の父は勤めに出ることなく鴫山の百姓でしたから、母は農家の嫁として晩年の清吾の身の回りの世話をし、一九五九（昭和三四）年十二月に死去した清吾の最期を看取りました。

突然、母を訪ねてきた人は、稲造博士の故郷の盛岡にある岩手日報という地方紙の記者でありました。鴫山に隠居した清吾の住所を愛媛新聞で調べてもらい、新幹線と飛行機と電車を乗り継ぎ、八幡浜駅からはタクシーを雇って来たのです。内川永一郎というその記者は、岩手日報に新渡戸稲造伝を連載中でした。その数回分のコピーを母に見せ、事情を話したそうです。氏は博士を窮地においやった松山事件を書くに際し、当時の毎日新聞愛媛版そのものを読みたいと思ったのです。しかし日本中どこの図書館を探しても愛媛版は所蔵していません。それで氏は、事件に遭遇したときの博士の講演の足跡を少し辿ってみる目的もあって松山を訪れ、愛媛新聞社で大学の同窓の論説委員に会ったついでに相談をもちかけたところ、万が一だが清吾の生家に保存されているかも知れないといわれ、居ても立ってもいられず、鳴山にやってきたのでした。

母は清吾が暮らしていた部屋に案内し、内川氏に探してもらうことにしたそうです。やがて応接間に氏がすがたを見せ、目的の記事が見つかりとても嬉しい、すべて書き写すことができた、と大変ご満悦な様子で帰っていきました。

ひと月後、内川氏から岩手日報に連載されている伝記のコピーが七枚、母のところへ届きました。氏は一週間にわたって清吾の擁護記事を交えて松山事件を書いておりました。そして添えられた手紙に、毎日新聞は社独自の判断ではなく、もっと上のどこからか新渡戸博士を擁護するよう働きかけがあったはずである。清吾が遺した取材メモなどにそのあたりのことが記されているかもしれないので、日を改めて鳴山へお伺いしたい、と再調査の意向が示されておりました。

しかし鳴山再訪は実現しないうちに内川氏は鬼籍に入られ、母も小生が定年で勤めを退職する三年前の冬に死去しました。内川氏のことは母から生前に聞いておりました。小生は退職後に鳴山に帰り、農業をしながら清吾が地方紙や雑誌類に書いた雑多な記事をまとめて製本にするため、パソコンに入力する作業をしております。作業はまだまだ途中ですが、博士とつながりの深い人たちの記録などもぱらぱら出てきました。

博士と戦前のジャーナリズムの悲劇を追究した貴殿の論文をくりかえし読み、誠に失礼ながら、貴殿ならきっと清吾の遺した雑録の価値をいくらかでもお認め頂けるのではないか、と愚考致した次第であります。なお貴殿の住所は貴殿がかつて論文を掲載した研究誌の事務局へ事情を話して入手しました。以上、誠に冗長になりました。お会いできます日を楽しみに致しております——。

西奈は机からはなれ、書棚の下から吉岡のいう小論が載った、うすっぺらな地域研究誌を抜き出した。発行は一九六六（昭和四一）年である。この小論は、山間部の宇和町にある高校へ赴任して二年目の夏に書いたものだった。手にしてなつかしさはあったが、稚拙な内容なので面映ゆく、改めて読む気にはなれない。松山事件と新渡戸博士糾弾キャンペーンを展開した海南新聞の記事をまとめ、そこに青臭いジャーナリズム論を付け足しただけである。しかし出来不出来はともあれ、書き上げて発表したのは、それなりの動機があった。

夏休みに入る前だった。学校の図書館で偶然、西奈は松山事件のときの海南新聞の経営者を追悼する評伝を見つけた。部下だった記者が執筆したもので、かれは故人の功績を分野ごとに紹介していた。その第五編「新聞の使命」の第一章は、「新渡戸博士海外へ」という見出しだった。内容は国民が総力をあげて起《た》たなければならない秋《とき》に、軍閥批判をした新渡戸氏をただすべく、海南新聞は敢然として起ちあがったという回顧談である。

同社の糾弾キャンペーンは大きな反響をよび、「非国民を葬れ」との声が日本全土をおおうようになった。博士は日本に隠れるところがなくなり、アメリカに逃亡し、異郷の地で寂しくこの世を去った。博士の発言は祖国を売る行為といわなくてはならない。大胆率直に何ものにも恐れることなく報道したことによって、南海の一隅から発した声が満天下をなびかせ、海南新聞の声価を高めたことは、これまた常人のできることではなく、偉大な新聞本来の使命達成だったことは、特筆大書すべきことだろう、といった調子で陣頭指揮をした故人をほめちぎっていた。

戦前ならともかく、奥付を見ると昭和三七年一月となっていた。

西奈はあきれ、むらむらと腹が立ったのを憶えている。戦後、国民の間では新渡戸稲造のことは忘れ去られていたが、西奈は高校生のときに通っていた教会の牧師から稲造博士のことをよく聴いていた。その影響もあって、関西のキリスト教系の大学に進学し、新渡戸稲造の思想や生涯を研究した論文や書物を熱心に読むようになった。大学の卒論は教育者としての稲造博士について書いた。

アメリカへ逃亡したなどというのは事実誤認も甚《はなは》だしかった。

海南新聞は軍部にすりよるため、また他社との販売競争に勝ち抜く手段として新渡戸発言を利用したに過ぎない、というのが松山事件を調べた西奈の見解だった。この評伝の書き手は、戦前の狭量きわまりない視野と稚拙な時代認識をひきずったままである。田舎記者の我田引水もよいところで、追悼の評伝とはいえ、事実をゆがめた無責任きわまりない内容に若い西奈は憤慨したのである。

夏の間、西奈は松山に帰省して県立図書館に通い、昭和七年二月の地方紙三紙を丁寧に読み込み、松山事件に関する報道は一字一句筆写し、ジャーナリズムの悲劇という、中立的な立場から小論を仕上げたのだった。投稿した地域研究誌は権威のある機関誌だったが、当時の新聞報道を正確に記述した記録性が評価されたらしく、運よく掲載された。

しかし、もう半世紀も近い昔に書いたものである。季刊誌「伊予百展」の発行元の編集者から電話で、この小論を参考文献として使った、という断わりの連絡があったが、西奈は最初、何のことかわからなかったぐらいである。

地域研究誌を棚にもどしながら、「伊予百展」の特集をもう一度しっかり読んでみよう、と西奈は思った。それで書棚をあちこち探してみたのだが見つからない。贈られてきたのはもう三ヵ月も前である。掌サイズの小冊子だから読みとばし、どこかに置いてしまったようだ。真理子がしまっていると決め込み、西奈は食堂へ顔を出した。

趣味のパッチワークをしていた真理子にたずねると、彼女は手を止めて一瞬、天井へ目をおよがせたがすぐに立ち上がった。たしかここに取っておいたはず、とつぶやきながら食器棚の引き出しを開けて小冊子を取り出した。

「新渡戸博士のことが載っていたわね」

「ありがとう、相変わらず物持ちがいいな」

受け取って、西奈は食堂の椅子に腰を下ろし小冊子を広げた。

すると、端切れを食卓の隅にのけて、妻が顔を寄せてきた。

西奈は特集の頁を開いた。四頁にわたって新渡戸稲造の生涯と愛媛とのかかわりが綴られている。

「よりすぐりの写真ばかり。引き込まれて読みたくなる」

と真理子が感心する。彼女はすでに何度も読んでいた。

一頁に二枚、全部で八枚の写真があった。冒頭は五千円札になったおなじみの肖像だった。それから札幌農学校時代に内村鑑三ら学友と一緒に写ったもの、アメリカ留学時代の稲造と、伴侶となるメリー・エルキントンの若く美しい横顔、それに英文の『武士道』の初版、国際連盟の職員たちと撮ったもの、そして松山事件の記述のところは、日本への理解を求めるために船でアメリカへ旅立った甲板上の新渡戸夫妻、最後の頁の下段は、「Tranquility of Ocean Depth」と板に墨書した英文の扁額のカラー写真だった。

〈宇和町の印象を新渡戸博士は英語で（海底の如き静けさ）と表現して町の有力者に揮ごう

した。この扁額は現在、卯之町《うのまち》教会の礼拝堂に掲げられている〉とキャプションがある。

西奈は特集記事に目を通したあと、扁額の写真へ視線を落とし、

「ほら、これ、なつかしいな」

日本メソジスト教会卯之町教会（愛媛県西予市宇和町）

と真理子に同意を求めた。

「わざわざ撮りに行ったのかしら」

「借り物は使わんだろ。宇和町まで今はクルマで一時間ちょっとだからね。教会で牧師さんに話しを聞き、プロのカメラマンが撮ったにちがいないよ。綺麗だし迫力がある」

「わたしあの頃、毎日それを見ていたから、礼拝堂の壁飾りぐらいにしか思ってなかったな」

と、妻が昔をふりかえった。

宇和町の山裾の農家に生まれた真理子は短大を卒業すると、町の中心地に建つ卯之町教会附属幼稚園で先生をしていた。園舎と礼拝堂はつながっていて、英文の扁額は祭壇に向かいあうように後ろの白い壁面にかけてあった。ヨコ八四、タテ

三三、厚み一センチほどの杉板の扁額で四周に木枠がついていたが、表面はむきだしのままである。
高校の教師になって一年が過ぎた春、少し余裕が生まれた西奈は教会の日曜礼拝に出かけるようになり、オルガンを弾いていた真理子と知り合った。それからの二年余り、真理子との純愛の思い出は、里山を借景にして空へ伸びる尖塔と十字架、そしてこの英文の扁額が重なって西奈の記憶に残っている。

「手紙は、この特集のこと？」

と真理子が手紙にふれ、西奈は渋い顔になった。

「ちょっと距離をおきたいタイプだなあ」

「新渡戸稲造の研究者ですか」

真理子は差出人のことを訊いた。

西奈は眉を曇らせ、仕方なく話した。

「爺さんが吉岡清吾といって、戦前は一家言のあるジャーナリストだったらしい。孫の本人は二、三年前に退職して田舎にひっこみ、農業をしながら爺さんが書いた記事をパソコンに入力しているそうだ。製本して図書館や学校なんかに配るつもりらしい」

「まあそれは大変だけど、奇特な方ですね」

「そうとも限らんよ。この時代の地方紙の記事は噂や伝聞で面白く書いているものが多いからな。公共の施設へ配るのなら、内容をちゃんと検証しないとダメだ。手紙を読んだ印象では爺さんへの片思いが強いな。稲造博士や松山事件のことで情報を提供したいと言っているが、会うと話し半分にもならんことを聞かされて、嫌な気分になりそうだ。君も承知のとおり僕は博士を尊敬しているが、そもそも学者でも研究者でもないから、返事に困っている」

西奈はいよいよ浮かない顔になった。

「あなたは生真面目すぎるのよ。話し相手ができたと思って気楽にお会いになったら」

真理子はふだん、引きこもりがちな夫を促した。

西奈は写真のキャプションを人差し指でなぞった。

「この扁額は、博士が町の有力者に揮ごうしたことになっている。でもいつのことかはっきりしてなかった。手紙では松山事件の際に博士が宇和町へ立ち寄った根拠がある、と書いてあった」

「軍閥批判で、周りがにわかに騒がしくなる時ですね」

と真理子はふりかえり、それから思いついたように、

「いよいよ物騒になるばかりの日本、そして深海の如き静けさの宇和町。何だか小説の始まりみたい」

と文学好きらしく、年甲斐もなく話を広げてみせる。

小説ならともかく、吉岡とかかわると現実に面倒なことが起こりそうな気がして、西奈は

小冊子をパタンと閉じた。

夫の仕草を目にし、真理子はまなざしをやわらげた。

「昔のことだけど、憶えている？　夏休みに突然、あなたは松山に帰ってしまった。もどってくると話は松山事件と稲造博士のことだけ。博士が宇和町へ来たのはいつだろうって、そんなことばかり」

「君は、さぞうんざりしただろうね」

西奈は軽くまぜかえした。

真理子はかまわず、話しを続けた。

「好奇心いっぱいの頃だから、みんないい思い出ですよ。あの頃、私たち、何かにつけ教会へ出かけていた。狭い町だし、今のようにクルマもないから、会う場所といったら教会しかなかったもの」

「思い出すなあ、礼拝堂はいつも静かでよかった――」

つられて西奈は記憶の隅をまさぐる。もう五十年近い昔である。

「礼拝堂は私たちの原点ですよ」

真理子はまなざしを強め、西奈を見つめた。

付き合い始めて、まだ間もない頃である。

何も言わずに松山へ帰省し、事情を伝える暑中見舞いの葉書を真理子へ出した。盆明けに彼女から手紙が届き、宇和へもどったら電話が欲しいと書いてあった。久しぶりに再会したのは、日曜日の夕刻の誰もいない礼拝堂だった。オルガンを奏でながら讃美歌をうたうと、真理子の頬に幾筋もの涙が伝わった。歌えなくなり、楽譜を閉じて、西奈を見上げた。涙をいっぱいにためた目を大きく見開き、もう会えないかと思った、と切れ切れに言うと、唇をふるわせた。西奈は祭壇の蔭へ真理子を誘い、ぎこちなく抱擁した。

原点というのはこのことだと西奈も承知しているが、ふだんはまったく頭にはない。合わせてあの頃、なにかに憑かれたように稲造博士の愛媛での足跡を調べていたが、なぜあれほど夢中だったのか、いま思えば少し滑稽な気もするのである。

「吉岡さんに、礼状だけは返しておくよ」

「会うのを断るのなら、早い方がいいですよ」

「わかっている。年を越してまた何かいってくると面倒だ」

西奈は小冊子を手に立ち上がった。

真理子が卓上に端切れを広げながら、

「ねえ、あなた」と西奈の背に声をかけ、

「正月は子どもたちの家族が帰らないから、私たち温泉にでも行きましょうか」

と思いついたようにいった。

夫婦には県外へ住む息子と娘がいる。

帰省しないこともあるのだろう。両親が来年の春、四十五周年のサファイア婚なので、子どもたちから早々とお祝いの旅行券が届いていた。妻は正月の温泉行にその旅行券を使うつもりらしい。椅子に座りなおして西奈がきくと、妻は五月に東北の方へ行ってみたいから、旅行券はそのときまで取っておくという。

「東北といっても、岩手県だけで四国ほどの大きさだよ」

西奈がいうと、真理子は夫の方へ顔を向け、

「十和田湖に行きたい。あなたと湖畔をゆっくり歩きたいな」

と目的地を明かし、旅行会社のポスターのようなことを付け足した。

「十和田湖か、またどうして?」

「あなた、若いころ、八甲田や十和田湖のことをよく話していたでしょ。それで行ってみたいの」

「そうか、そんなこともあったなあ」

西奈は真理子の記憶が確かなことに感心した。

大学四年の秋、かれは盛岡を経て青森県へ足を延ばし、十和田市にある新渡戸文庫を訪ねた。稲造博士の膨大な蔵書や新渡戸家に伝わる古書・武具、それと新渡戸家が幕末から三代にわたって挑んだ十和田開拓の資料等が展示されていて、西奈は立ち去りがたい思いを味わった。その後バスで八甲田山系をめぐって十和田湖まで行き、紅葉の原生林と湖畔の景色

を堪能した。この旅は、とりわけ新渡戸文庫で目にした稲造博士の流麗な字体で書かれた漢文や英文の扁額が、十和田湖の神秘的な景観とともに西奈の脳裏に刻まれ、忘れがたいものになっていたのである。

この夜、西奈は真理子と十和田湖のほとりを散策している夢を見た。子どもたちからのご褒美なのだ、と西奈はだれかれとなく自慢したくなった。するとどういうことか、湖から扁額の英文が青龍になって現れ出た。アルファベットの文字をくねらせながら天空へと昇っていく。目でその様を追いかけると青龍は姿を消し、かわって地鳴りがした。松山事件はどうなった、と湖の底でだれかが叫んでいる。まだ会いもしないのに、その罵《のの》りを吉岡のように感じ、西奈は金縛りになっていた。

翌朝、西奈は返書をしたためた。資料等の提供については、自分には無用なのでお断りする、と書いた。

年が明けた。

ふたりで温泉へ出かけるつもりだったが、三が日の混雑をさけているうちにのびのびになっていた。宿をとるのも面倒になり、結局日帰りで近場の温泉へ行くことになった。出かけたのは松の内も過ぎ、正月気分もとれた日である。

行き先は、「ふるさと交流館」という公営の温泉施設で、鉄筋のモダンな建物の隣に産直市場もあるのでいつも賑わっている。

家で昼食をすまし、クルマで行くことにした。三十分もあればつく。郊外を過ぎて河川をわたり、国道から山のほうへ左折して畑のなかの道をしばらく走っていると、産直市場に立つのぼりが見えてきた。

すると真理子が思いついたように、

「先にクスノキを見に行きましょうよ」

というので、西奈は軽くうなずき、交流館とは反対の方へハンドルを切った。これまでも何度か立ち寄ったことのある寺の境内に楠の巨木があった。案内の看板には樹齢六百年とあり、市の天然記念物になっている。

本堂へまっすぐつうじる石段の下の草地にクルマを停めた。周りには墓石が立ちならんでいる。楠は石段を上がった右手に聳《そび》えていた。さえぎるもののない空間へ枝葉が勢いよく伸びて、冬空にひろがっている。

「いつ見ても、気持ちがいい」

石段の途中で、真理子は背を伸ばすと頭上を見渡した。無数の葉がそよぐと、木漏れ日が墓石の群れに光の波紋を描いてゆれている。

「お参りしていこうか」

「そうだな、せっかくだから、そうしよう」

石段をのぼりきって境内に入った。

新婚当時まで、ふたりは教会へ通っていたが出産と育児、それに転勤が重なり疎遠になってしまった。信仰を捨てたわけではないのだが、寺や神社も普通に暮らしのなかにある。お参りをすませて石段をゆっくり下った。

途中で真理子が足を停め、吉岡から年賀状が来たことを気にした。

「今年もよろしくお願いしますって、添え書きしていた」

「印刷した賀状は、空白にみんなそう書いてある」

「そうかなあ、吉岡さん、あなたに会うつもりになっている」

気になるのか、真理子は立ちどまった。

「去年、返事を出して、きちんと断っているよ」

「そう、でもあなたに関心があるみたい、何でしょうね、いったい」

真理子はなおこだわり、女性ではないから安心だけど、と歳に不相応なことを口にし、年賀状のお返しはどうしたのかときいた。

「出してないな」

「悪い人ではなさそうよ。会えばよいのに」

「まあ、考えておく」

と応えながら、西奈はなぜか不安がよぎるのを覚えた。

昼過ぎということもあって温泉は空いていた。

浴室から出て西奈はロビーへ行き、自動販売機で買ったウーロン茶を飲みながら真理子を待っていた。ソファや椅子が置かれたロビーの奥には広い畳の部屋があって、そこでは何人も寝転がって休んでいる。西奈は空になったペットボトルを片付け、ソファに座りなおしてぼんやりテレビを観ていた。すると、あのうーとすぐ横で声がし、年配の女の素顔が視界に現れた。

「失礼ですが、ひょっとして、西奈せんせい？」

と女は中腰のまま遠慮がちにたずねた。西奈はときおり、教え子から声をかけられる。相手は憶えていても、たいてい自分のほうに記憶はなく、せっかくなのに話が弾むことはまれだった。そうです、西奈です、と応じながら女を見た。洗いたてのうすい髪に白いものがまじっている。

「宇和の二年生のとき、倫理社会を教わりました」

と、彼女はなつかしさにまなざしをゆるめる。名前をいうと向かいのソファに腰を下ろした。三年前夫に先立たれ、今はバスで週に一回、温泉に通っているのだ、と身辺のことを少し明かした。

「先生は、授業で新渡戸稲造のことをしょっちゅう話されていた。五千円札になったからやっぱり偉い人ですね。それで、五千円札を見ると先生の授業を思い出していました」

「いや、それはなんとも——、」

照れくさくて西奈が黙っていると、教え子がきいた。

「先生はいまも教会へお行きですか」

「忙しさにまぎれて、遠ざかったままです」

「卯之町教会の新渡戸博士の扁額、憶えてますでしょ？」

「ええ、それならもちろん。Tranquillity of Ocean Depth, 深海の如き静けさです」

西奈は即座に扁額の英文と翻訳をいってみせた。授業ではたびたびこの扁額の紹介をし、松山事件も教材にしている。

末光積（松山農業学校時代）

教え子は顔をほころばせ打ち解けると、こんなことをいった。
この正月に宇和の実家に帰ったおりのことである。教会の近くの郷土偉人館で、昨年の秋から新渡戸博士生誕一五〇年にちなむ特別展が開かれていた。覗いてみると、町の素封家の子弟で札幌農学校へ進学した末光績《いさお》の生涯に焦点をあてた展覧会だった。績に大きな影響を及ぼした有島武郎、それと新渡戸稲造との交流の様子が紹介されていた。もっとも交流を示す展示品の大半は札幌農学校時代から續と親交があった有島武郎から届いた二十九通もの書簡で占められていて、稲造博士のものは末光家から贈った蜜柑に対する葉書の礼状一枚だけであった。そしてこの不均衡を埋め合わせるように展示室の中央に一台、立派なショーケースが設置されていた。中は明るい照明の下、いつもは教会にある新渡戸稲造の扁額が入っていた。板に浮かびあがる年輪模様も英文の文字も手に取るように判り、感激したという。

「何やらごちゃごちゃあったけんど、扁額が一番よかったです」

「そうですか、扁額ですか」

「授業で教わとったからです。ありがたいことですなあ」

彼女は殊勝なことをいって西奈を喜ばした。そして展覧会は三月末まであるので、宇和まで出かけてぜひ見て欲しいと案内をし、バスの時刻を理由にソファから立ち上がった。

帰りのクルマのなかである。

「博士の扁額、いま、宇和の偉人記念館に展示されているそうだ」

西奈はロビーで聞いた話をした。

「あの扁額がショーケースに！」

真理子は驚き、目を丸くした。

末光續と有島武郎のことなら国語の授業で習ったことがあり、信仰に生きるってどんなことか、その頃、ひどく真剣に考えたことがあった、と話しを二人のことへ広げた。

末光家は昭和の初め頃まで、造り酒屋や醸造業を営み栄えていたが、子孫も係累も町を出てしまい、教会の向かいにある空き家になった本家は市の文化財に認定されている。末光績は分家であるが、それでも町で指折りの資産家だった。

家族を連れて上京、昭和初年の写真（末光操氏提供）

「末光家のことは憶えているが、末光績が有島武郎と交流があったとは、まったく知らんかったなあ。二十九通も、有島からの書簡が遺されているそうだ」

西奈が聞き知ったばかりのことをいうと、

「へえー、そんなにあったの」

と真理子は声をあげ、驚いた様子である。

明治三十九年六月、札幌農学校を卒業した末光は郷里の宇和に帰り、宇和高校の前身の養蚕学校の校長を経て、大正八年に松山農業学校の校長に就任するも二年で辞職。大正十年三月、齢四十をこえていたが妻子を連れて上京し、東京大学文学部本科英文科に学士入学するとイギリスを代表するロマン派の詩人、ワーズワースの研究に打ち込むことになる。東大では英文科の同人詩誌「ポエチカ」に詩を発表し、好きな登山に関わる随想を数多く寄せるなど文学者やロマン派詩人として生きる道を選ぶことになった。

有島との出会いは、札幌農学校予科一年だった明治三十三年である。二人は読書会で知り合い、末光は有島の信仰と人格の香りに酔いしれた。このとき、有島は農学校の最上級生で三歳年上だった。末光は有島が指導的な立場にあった札幌独立基督教会の教会員となり、さらに新渡戸が創設した、貧しい家庭の子弟が通う「遠友《えんゆう》夜学校」で教師を勤める。

札幌では、有島と末光の交流は一年間だけであったが、互いに信仰の交わりをなした二人は、心の交流を深める。農学校を卒業して東京へ帰り、軍隊へ入った頃、「我が肉の兄弟にまさる愛の友よ」と有島は手紙に書き送っている。明治三六年の夏、新渡戸の勧めでアメリカへ留学することになり、かれは札幌農学校を訪れ親しかった人たちに別れの挨拶を交わす。このとき末光は札幌独立教会の離れの小屋で自炊暮らしだった。突然現れた有島のもとへかけ寄って、身体にしがみつきとめどなく涙を流した。有島はそんな末光に、「今度の札幌訪問は多少の用務がないではなかったが、僕の心では君に逢うのが最大のものだ」と語り、将来、二人が理想とする学校をつくるのが夢であるから、ぜひ手伝って欲しい、と末光に約束を迫るのだった。二人は新しい家庭を夢見る恋人のように、深い信仰に根差した学校の創立を誓い合った。

ところが愛媛の田舎にもどった末光は、作家活動を本格的に始めた有島に対してしだいに距離を感じるようになる。一大決心をして上京した当初、末光は就職先のあっせん等を頼むために有島と何度か会ったが、昔のようにお互いが共鳴するところは少なかった。もうしばらくすれば必ずかつての昔日の心持が二人の間に再現するだろう、と期待して待ちながら二年が経った梅雨の日、末光は衝撃的な事態に遭遇することになる。

大正十二年七月二日、末光は友人からの手紙で有島の身辺に異常な出来事が起ったことを知らされた。軽井沢の別荘へかけつけ、愛人と縊死《いし》した有島のすっかり変わり果てた亡骸《なきがら》と対面したのだった。

別荘から一里離れた山奥の火葬場で、末光は仲間と共に二人を焼く焔《ほむら》を見つめながら朝を迎えた。かれはその時の心境を追悼集に綴った。

並び立つ落葉松は忘れがたい独特の姿を顕し、足もとに茂る牧草、灌木に絡む野薔薇、葦切雀の疳高い聲までが之れに添い加わって、石狩の野の曙を其儘そこへ連れ出して来た。あゝ、君と僕との隔てなき熱い心の抱擁にはどうしても北海の自然が其背景に添わねばならないのであろうか。僕は今、君の最後に就いては何も考えたくない。此の一事は君が思想の厚いページと共に、終生の提題として、永く僕の前に横たわることであろう。

それから二ヵ月後、関東大震災を経て日本経済は低迷を深め、人も社会もしだいに自由を失っていく。さまざまな矛盾が拡大する中、良識ある知識人には生きづらい世の中へなっていくのである。キリスト者として真摯に信仰に生きようとした末光にとって、昭和の始まりを決して寿《ことほ》ぐことはできなかった。かれは有島の死が自分につきつけた提題を胸に抱え、軍部ファシズムと向き合うことになる。

　真理子がこのようなことを話している間、クルマは国道からそれて自宅へ通じる脇道へ入った。

「高校の頃、国語の先生が末光績の研究家だった」

「なるほど、詳しいはずだ」

西奈は両側に生垣のある小道へ目を配りながら、妻はこの歳にしてよく憶えているものだと感心した。真理子はさらに、その教師の授業のことを話し出した。末光の追悼文、「火の前に立ちて」をプリントして生徒に配り、そのなかの何か所か、名文だから書き写して憶えろ、と命じ、定期テストにも出題したという。

「熱血先生だなあ」

「私、末光績が有島を追憶した短歌、今でも憶えている」

熱っぽくなった真理子は、その短歌をゆっくり詠じた。

　並び燃ゆる
　二つのかばね燃えさかり

一つとなりて落葉松に映ゆ

「なかなか、でしょ」

「目に浮かぶようだ」

「末光は昭和を、怒りと孤独のなかで生きていくの」

「親友の死、大震災、昭和の恐慌、そして戦争だ。田舎におれば、首をすくめてやり過ごせたかも知れん。でも都会にいたからこそ、詩人の魂は烈しくゆさぶられた」

と話しながら、西奈は新しいものに触れる気がした。

それは文学好きな妻の素顔であり、そしてもう一つ、何か閃《ひらめ》くものがあったのだが、はっきりつかみきれない間に自宅の門扉が視界に入ってきた。

それから数日たった午後、思いがけず吉岡から蜜柑が一箱届いた。

真理子にいわれて西奈は食堂に運び中を開けた。八幡浜ブランドの艶光する蜜柑の列の上に紙切れが一枚置いてある。青色のマジックペンで、〈家の蜜柑山の極上品です、ご賞味ください。〉とだけ書いてあった。

真理子が上の段の蜜柑を箱から取り出して卓上に並べた。

紙切れの文字を見つめ、西奈がどうしようか迷っていると、

「あなた、一度お会いになったら」

と、凛とした声で真理子がうながした。

「そうだなあ、ひとつ話を聞いてみるか」

西奈は目の前の蜜柑を掌にのせてつぶやいていた。その夜、葉書で礼状をしたため、松山でお会いしたいが、ご都合の日時をメールで報せて欲しい、と追伸をした。

すぐに返信があった。一月下旬の金曜日の昼過ぎ、西奈は郊外の喫茶店へ出向いた。

ジャンパーのフードで顔を半分隠した人物がまっすぐに近づいて来た。フードを取り、黒縁の眼鏡をかけた顔の口元をゆるませて、すみません吉岡です、と名のった。ショルダーバックを座席に置き、ジャンパーをぬいで西奈の正面に座った。鬱屈した気分を払うかのように眉をあげ、手紙に書いていた通りの自己紹介をした。店内にいる客たちを一瞥《いちべつ》してだれが西奈かすぐ判った、と得意そうにいう。話すと眉間にしわが寄り、神経質そうである。

ショルダーバックには、角がほころびた渋柿色の雑誌が三冊、それにJAのロゴがある茶封筒が入っていた。吉岡はそれらをカフェテーブルに一つ一つ大切そうに置いた。

「吉岡清吾のことですがねぇ」

と祖父のことを呼び、西奈の表情を伺いながらつづけた。

「部屋も廊下も雑誌や新聞の切り抜き、それに封書や葉書が入った行李と木箱で足の踏み場もないほどやったですけんど、だいぶ片づいて見通しが立つようになりました」

清吾の記事を整理し、パソコンに入力する作業がはかどり始めた、と同好の仲間へ話すようにいう。言葉の端々に、ジャーナリストだった祖父に対する誇りと信頼がにじんでいる。

しかしそれにしても、と西奈は思った。雑然としていた清吾の部屋から、岩手日報の内川記者は毎日新聞愛媛版の記事をよくぞ見つけたものである。西奈がそのことをただすと、応えはあっけなかった。清吾は松山事件に関するものだけは、一片の走り書きにいたるまで一切全部を葛籠《つづら》に入れ床の間に置いてあった。それで内川は目ざとく葛籠を開き、愛媛版を見つけることができた、というのである。

「葛籠に全部ですか」

「多分、そうだと思います」

「そのう、多分というのは？」

「内川さんは博士擁護の件では、新聞社よりもずっと上から働きかけがあった証拠が清吾のところにある、と確信しとったです。ところが葛籠にそれはなかった。それで博士擁護の背景を書いた備忘録のようなものは、別なところにしまっている、と判断したようです。上からとなれば、これはもう最高機密ですからね。バレたら大変です。軍部が反発し、内閣の一つや二つ、潰《つぶ》れますよ」

吉岡は博士擁護の重大さを強調した。

西奈は尻をずらして座り直し、右手を顎にあてた。

「最高機密ですか、しかし本当に上から、ですかねえ」

と「上から」を強調し首をかしげた。

途端に吉岡は険しい表情になった。怒気を含む声でいった。

「西奈さん、昭和天皇の側近の木戸幸一をご存知でしょう」

知っていて当然だという口ぶりである。ジャケットの胸のポケットから取り出した手帳のメモ蘭を開け、西奈の前に突き出した。

「去年の夏、県立図書館で木戸幸一日記、そっくり写したんです。読んでみてくださいや」

西奈は首を伸ばし、メモ蘭を読んだ。


昭和七年二月二五日。新渡戸博士の軍閥攻撃演説が問題となり、黒木（三次）伯に真相を確かめて貰う

「政府よりも上、宮中までも博士を心配していたってことか」

西奈は相手が言わんとすることをぼそっと代弁し、顔を上げた。

吉岡は満足そうに頷いた。

「松山事件は昭和天皇の耳にも入っていた。二日後の二七日に軍部から将校が新渡戸博士を訪ねて真相を確かめ、軍部は博士の心情を了解する。同じ二七日の愛媛版は一面全部を使って、海南新聞の記事は誤報だったと博士を擁護する。上は宮中から下は清吾まで、見事に一

本の線でつながっていますよ。内川さんは、清吾が昭和天皇も関わっているメモを遺している、と踏んでいたわけです。メモが発見されれば、昭和史の大きなスクープですよ」

自分の話に酔ったのか、吉岡は笑みを浮かべている。

博士擁護が秘かに「勅命《ちょくめい》」を帯びたものであったならば、清吾にとってこれほど名誉なことはない。西奈は孫の吉岡のこだわりがわからないでもなかった。ここ二年余りで、部屋と廊下にあるものはひと通り目をとおしてみたが、何も見つからない、と吉岡は無念そうである。

話が一区切りし、吉岡は席を立って喫煙室へ行った。コーヒーカップを店員が下げにきたので、西奈は梅茶を二つ注文した。窓の外が薄暗くなり、白いものが舞っている。

西奈は宇和町で過ごした冬の日々を思い起こした。宇和町は南国に似合わず雪の深い山里だった。しんしんと雪はふりつもり、あの扁額の通り、「深海の如き静けさ」に町は包まれる。婚約を交わした冬、大雪でバスが運休すると教会の前で真理子と待ち合わせ、雪景色を楽しみながら家まで送ったことが何度かあった。

吉岡がもどってきて、西奈は現実にかえった。

テーブルの上の茶封筒へ視線をやった。

「稲造博士が宇和町に泊まったという根拠、そのなかですか」

「はい、お見せします」

丸善の使い古した大学ノートを吉岡は封筒から抜き出した。清吾がつけていた備忘録がわりの日記のようである。表紙の中央に「昭和七年」と毛筆で記されている。吉岡はノートを西奈の方へ向け、ていねいに頁をめくった。どこも鉛筆で書きなぐった字で埋まっていたが、どういうことか途中からストンと数頁分、紙が抜けていた。その手前、黄色い付箋を貼った左頁で西岡の手はとまった。人差し指で紙面の字をなぞった。二月六日の日付の横に、「菅菊太郎氏、宇和へ」と小見出しがあり、下の行にメモ書きあった。

海南新聞ノ博士批判ヲ憂慮、農学校ノ国松校長ノ計ライ。菅菊太郎、バスデ宇和へ。出発前電話アリ。氏ハ宇和ノ旅館デ博士ヲ待ツ。博士ニ不穏ナ情勢ヲ話ス心算

ずしんと来る手ごたえを感じ、西奈は上目づかいに吉岡を見た。

待ちかねていたかのように、吉岡は菊太郎と清吾のことをかいつまんで話した。明治二七年に札幌農学校へ入学した菊太郎は、新渡戸博士の知遇を得、生涯を通じて私淑する。農商務省の官吏となって東京にいた時は、博士の講演に可能なかぎり同行している。官吏を辞して郷里の学校で教鞭をとることになるが、博士の愛弟子としての交流は変わりなく続いていた。いっぽうの清吾は菊太郎より四歳年下である。東京専門学校（早稲田大学）を出て三井家に勤めていたが、病気で帰郷したあと、大正二年からは松山にある地方新聞の記者をし、その後毎日新聞の松山通信部員を兼務する。地方のこととはいえ清吾は政財界の実力者や文

化人とのつながりが太く、かれらに呼びかけて文化協会を組織し、雑誌社も設立した。菊太郎とは郷土史研究会で昵懇の仲になった。報道が軍部の統制下におかれる昭和十年代の半ばまで、清吾は名の知れたジャーナリストであった。

「清吾が引退して松山を引き上げた後も菊太郎は鳴山へ二度、清吾を訪ねてきています」

吉岡はいくぶん胸をそらした。

友情だとすればいい話である。西奈は目の前のノートへ視線をやりながらきいた。

「記録がありますか」

吉岡はテーブルに広げたままのノートを手にした。

「大学ノートは全部で三十四冊あります。鳴山に帰ってからの記録はほとんど農作業ですが、昭和十七年五月と戦後の二十年十一月に菅菊太郎の名前が出てきます」

「訪ねた目的は何でしょう?」

「戦中から戦後、菊太郎は県立図書館長でした。郷土史の研究に熱心で各地へ出かけています。鳴山へはその時に立ち寄ったようです」

「すると菊太郎の名は、昭和七年二月六日を含めて三回」

「そういうことになります」

吉岡がノートをテーブルへもどすと、西奈は頁をゆっくりめくった。

「七日から切り取られて、次の日録は三月一日からだ。菊太郎が出てくる他のノートも、あとが何枚か切り取られてますか?」

「まさか、そんなこと。このノートだけですよ」

吉岡は手を振って強く否定した。

「何か、重大なことが書いてあった」

「そうです。おそらく、上からのことが——」

と、吉岡は前のめりになった。

「なぜ、切り取ったのか」

「西奈さん、それが分かれば……」

吉岡は周囲を気にして声をひそめた。

何か胡散臭くなりそうなので、西奈は話題を転じた。

「ところで吉岡さん、卯之町教会の扁額ですが……」

「海の底の如き静けさ、ですか」

吉岡は翻訳したフレーズをすらすら口にした。

「この二月六日に博士が旅館で揮ごうした、ということでしょうね」

「少し変ではあるけんど、まあそれが自然ちゅうもんです」

「変というのは?」

「日時はともかく、揮ごうは普通、和紙でしょうが。それが杉板ですけん。算額や店の看板なら板ですワ。おまけに英文ですけん、この二つが普通じゃありません」

吉岡の言う通りである。しかしここ最近、西奈はあれこれと思いを巡らし、彼なりの解釈があった。

「博士にお願いした方がクリスチャンならどうでしょう。礼拝堂に掲げるつもりで板を用意した。それに教会なら英文のほうがふさわしい」

と、西奈は自分の見方を簡潔に明かした。

吉岡は、なんだ、そんなことか、という表情になり、

「西奈さん、町の人ならみんなそう思ってますよ」

と肩をポンと叩くように言い、扁額そのものに関心がないらしく、断わりを言うと喫煙室へ行ってしまった。

「Tranquility of Ocean Depth,……」

西奈は目をつむり、何度も英文を小声でくり返した。

真理子と、この扁額のことで言い合ったことがある。英文を直訳すれば「深海の如き静けさ」なのだが、書きなぐったアルファベットは一字一字に手足があり、駆けながら拳をふりあげているようだ。それは英文の直訳とは真逆の烈しさで、文字全体が身体をくねらせ怒っていた。その聲まで聞こえそうで、およそ稲造博士らしくないのである。さらに言えば西奈が知っているかぎり「稲造」、また英文の場合は「INAZO」と博士は署名していたがこの扁

額に署名はなかった。そんなことで熱っぽく話し合った数日後、真理子が牧師にたずねてくれた。英文は旧約聖書にある語句を博士が書いたものだから、聖書をひもとけば見つけることができる。また署名は板の裏にある、ということだった。ふたりはそれで得心し、自分たちで確かめることはなかった。

喫煙室からもどってくると、吉岡は雑誌の説明をした。

会うことになって、西奈は末光績の情報を求めていたので、吉岡が末光のことが分かる雑誌三冊を持参したのだった。

雑誌の編集者兼発行人は清吾である。机上の三冊は大正十二年十二月と昭和三年八月、それに二・二六事件後の昭和十一年四月のもので、前の二冊には末光が寄稿した詩があった。後の一冊は、銀座六丁目の紀伊国屋画廊で開かれた末光の油絵個人展の取材記事だった。清吾はわざわざ上京して本人に会い、近況を聞き取り会場の様子を撮影した。末光が得意としていた山岳絵も三点、写真付きで紹介している。

「齢四十で人生の大転換ですよ。なんぼ資産家だというても家族を連れての上京ですからね。東大に入って好きな英文学に打ち込み、詩をつくり山にこもって絵を描く。清吾は末光の魂の叫びを記事にしたかったようです」

「魂の叫びですか」

「まあ、ぜいたくなことですが」

と吉岡は冷めた顔で応えた。

西奈は油絵個人展を伝える誌面へ目を落とし、壁面に展示された山岳絵の前で写真に納まった末光を見つめた。気難しそうだが、切迫感がなく凡庸な印象を受けるのは、裕福な育ちのせいなのだろうか。

三月末まで宇和町の偉人記念館で末光績展をやっているから、出かけたらよい、と吉岡がすすめた。

「私は、菅菊太郎に注目しています。大三島に生家が残っているそうだから、春になったら出かけて調べてきます」

「稲造博士擁護のことですか」

「もちろんですよ」

吉岡は雑誌と茶封筒をバックにしまうと立ち上がった。


三月に入ると日を置かず、末光績展へ出かけた。真理子は手芸の仲間の集まりと重なったので、西奈ひとりである。

宿場町の街並みが保存された通りの端に、会場の偉人記念館があった。

観光客を目的にしたしゃれた建物で、アプローチが広く全面透明ガラスの玄関からはエントランスホールの中が見通せる。脇道には枝ぶりのよい梅の並木が緋色の花をつけ、コンクリートの壁面を彩っていた。

ぱらぱらと遠来からの入場客がいた。

教え子がいっていた通り、会場の中央に扁額を展示するショーケースが設置されていた。二人の高齢の来場者が背を丸くして中をのぞきこんでいる。男の方は元教師なのか、流ちょうな発音で英文を読み手帳に書き写していた。西奈はその傍らを通って奥へ進んだ。壁際のケースに有島武郎から届いた毛筆の手紙と封筒が年代順に陳列されていた。確かに結構な量である。一通も失くさずに保存していた末光の熱情と人柄を表わして余りあるものだと西奈は感じた。主な手紙の下の展示キャプションには、解説と現代語に直した文章が付いていた。そしてコーナーの最後は、末光の追悼文「火の前に立ちて」から抜粋した文章が大きなボードに貼られて壁面にかけられていた。

西奈はこれらのものに目をとおしてから、ずらっと展示された絵画を鑑賞した。清吾の雑誌に紹介されていた絵もそうだが、どれも似たような山容の絵ばかりで、西奈の気をひくものはなかった。絵の具を幾度も塗り重ねた跡がどの絵の山肌にもあって、どのように描いても表現しきれないもどかしさが伝わってくる。清吾が雑誌で伝えたかったという「魂の叫び」とは何だったのか、つかみきれなかった。

西奈は、稲造博士から届いた礼状の葉書を見てみようと踵《きびす》を返した。中央のショーケースの周辺に小さな人だかりができていた。やはり一番の見世物は博士の扁額だ、と納得しながら近づくと、甲高くとがった声が聞こえてきた。さっきの元教師らしき男だった。署名がないのはおかしい、と周りで足を停めた来場者たちに話していた。西奈は背後で聞き耳を立てた。新渡戸稲造は講演の都度、求めに応じて揮ごうしていたので、全国各地に扁額が残されているが、署名がないのを見るのは初めてだ。英語やドイツ語で揮ごうしたものもあるが、自分の知る限りいずれも署名はある。それでこの扁額を稲造博士のものと断定するのはけしからんではないか。とそんなことをやや興奮気味に語り、なお物足りないのか、博士の経歴などの紹介を始めた。

何事かと、前髪を伸ばした小顔の女性館員がやってきた。

「あのう、すみません。何かございましたか」

西奈の背後から上体を人々の輪の中へ入れて、男へ声をかけた。かれは話しを止めて、こちらに鋭い視線を向けた。小柄だが彫刻をしたような端正な顔立ちだった。すぐ後ろには、ターバン帽をかぶった夫人が伏し目がちに控えている。

男は東京のとある大学で教えていた者だが、と肩書と名前を明かし、よくとおる声で単刀直入にきいた。

「署名がないが、あなたはなぜか、ご存知か？」

「新渡戸稲造博士がお書きになった、ということですが……」

館員は的外れなことを事務的に応えた。

「あなたは学芸員ですか」

元教師の視線はきつくなった。

「いえ、学芸員をお呼びしましょうか」

「だれでも構わないが、要はこの英文ですよ」

とかれはショーケースの中をもどかしそうに指さし、本当に稲造博士が揮ごうしたものか、説明できる人を呼んで欲しい、と要望した。

館側の説明を聞こうと残っている来場者たちに、かれが稲造博士の国際連盟時代の活躍について語っていると、館長が先ほどの女性館員を従えてやってきた。

館長は慇懃な仕草で名刺を差し出した。

「失礼がございましたようで」

「そんなことじゃありません」

「実は、扁額は近くの教会からおあずかりしているものですから」

「責任者がそんな答えでは困ったものですな」

元教師は不快そうに突き放した。

「申し訳ありません」

「キャプションは新渡戸稲造博士揮ごう、と書いてある。これは教会の記録にありますか」

「そのあたりは確認しておりません。昔からの伝聞ですから」

「あっ、そうですか。それでしたらキャプションに、そのように書いたらどうですか」

と元教師は筋道を説き、入場者の視線は館長に集中した。

対応に窮してたじろぐ館長を見かねて、西奈は声をあげた。

「署名なら、裏にアルファベットで稲造、とあるはずですよ」

「なるほど、裏にですか」

元教師は西奈へ目を向け、おおきくうなずいた。

「ずいぶん前ですが、牧師さんからそのように聞きました」

「そうですか、助け舟になりました。ありがたい」

元教師は大袈裟な表現で西奈に礼を言うと、提案した。

「館長さん、せっかくです。裏を見てみましょうよ」

提案を聞いて、まわりの者もショーケースを注視した。

館長は身をよじらせ、苦しそうに応えた。

「それは勘弁してください。催しが終りましたら、こちらのほうで裏の署名の写真を撮って、必ずお送りします。お約束します」

「そうですか、いいでしょう。困らせる意図なんてありませんから、ぜひそうしてください。旅の楽しみができました」

元教師はあっさり提案を撤回し、まわりの入場者の様子を確かめた。発言する者はなかった。写真を希望する人には後日郵送する、ということになり、西奈も申し込んだ。

ちょっとしたハプニングの余韻を味わいながら、古い町屋が続く通りを行くと、カイヅカイブキの生垣越しに教会の尖塔が見えてきた。附属幼稚園の運動場で遊ぶ園児たちの声がする。西奈は足を速めた。

立ち寄るつもりはなかったが、偉人館のハプニングが西奈の好奇心を刺激していた。それに何よりもなつかしさが後押しをする。

不意な訪問にもかかわらず、二十三代目になるという若い牧師が応対してくれた。礼拝堂に人気はなく、周囲の石油ストーブの火も消えていてひんやりとしている。西奈はふだん扁額がかけてある壁面をながめた。

「板裏の新渡戸博士の署名、アルファベットの稲造でしたか」

と傍らの牧師に確かめた。

「署名ですか？　さあ、どうでしたか」

かれは首をひねり、困った様子である。

「去年の夏ですよ。町からお借りしたいということで承諾しましたら、商工観光課の方が壁から外して、偉人館の方へ運んで行きました」

「その際、板の裏を見ましたか」

「立ち合いはしました。しかし裏に署名があるなんて、それは初めて聞きました。また、どうしてご存知なのですか」

と、牧師はかえって不思議がった。

西奈は昔、真理子から伝え聞いたことを簡潔に話した。その当時の牧師の名前も憶えていたので教えた。

「ここ冷えますから、事務室へ来ませんか。調べてみます」

牧師が西奈を事務室へ誘った。かれは机の中から、「卯之町教会牧師在任表」がプリントされた用紙を取り出して切れ長の目を落とすと、すぐに顔を上げた。

「その方、十五代目の先生ですね。昭和三七年から四九年まで在任されています」

「教えを受けたのは五十年近い前です。ご健在なら――、」

西奈は続く言葉をのみこんだ。当時、その人はすでに還暦に近かった。

「消息でしたら、東京の本部にきけばわかりますが」

牧師は気乗りしない表情になった。

玄関まで見送りにきた牧師が西奈に茶封筒をさし出した。在任表を入れているからご活用ください、とのことだった。

西奈は帰り道にふと思いつき、町内の図書館へ寄った。司書に話して、郷土史の棚から卯之町教会のことにふれた書籍を数冊出してもらった。どれも似た内容で、町の有力者だった末光家の一族が教会の設立に深くかかわっていることが記されている。

同志社中学と札幌農学校で学んだ末光家一族の子弟が、卯之町に聖書講義所や日曜学校を開き、キリスト教会の設立を進める。大正十二年八月、一族の屋敷を仮の教会とし、関西学院神学校を卒業したばかりの川上平三を初代牧師として迎え入れている。今日につづく日本メソジスト教会卯之町教会の教会堂は、大正十五年三月に竣工している。

西奈は牧師在任表で、初代川上牧師の在任期間を確認した。昭和二年三月までの三年七ヵ月だった。かれがどこへ転任したのか記載はない。関西学院大学は西奈の母校でもある。本から目を上げ、窓外の古い家並みをながめていると、末光績と川上牧師には接点があるのではないか、とそんな考えが不意に湧いた。

カウンターへもどり司書に相談すると、末光家一門の歴史と現在を写真入りで綴った私家版の本が図書館に寄贈されていることが判った。貸出も複写も禁止で館内閲覧だけだという。見るだけということで出してもらった。学校の卒業アルバムの大きさで、二百頁にせまる大著である。ていねいに頁を開いていた西奈は「あっ！」と声をもらし、手を止めた。川上牧師と末光績が一緒に写っている写真があったのである。それも二枚あった。末光家は町にやってきた新任の若い牧師を歓迎し、事あるごとに引き立てていたようである。大正一五年の一枚は本家の結婚式の集合記念写真、そしてもう一枚は、昭和二年のお盆に都会から里帰りした親族の家族写真である。いずれも下に氏名がフルネームで記されている。川上牧師は小柄な人で、二枚とも一番端で消え入るような表情で写っていた。いっぽうの績は後列の真んな

クリスマス祝会（前列左から五人目⑩が川上牧師）

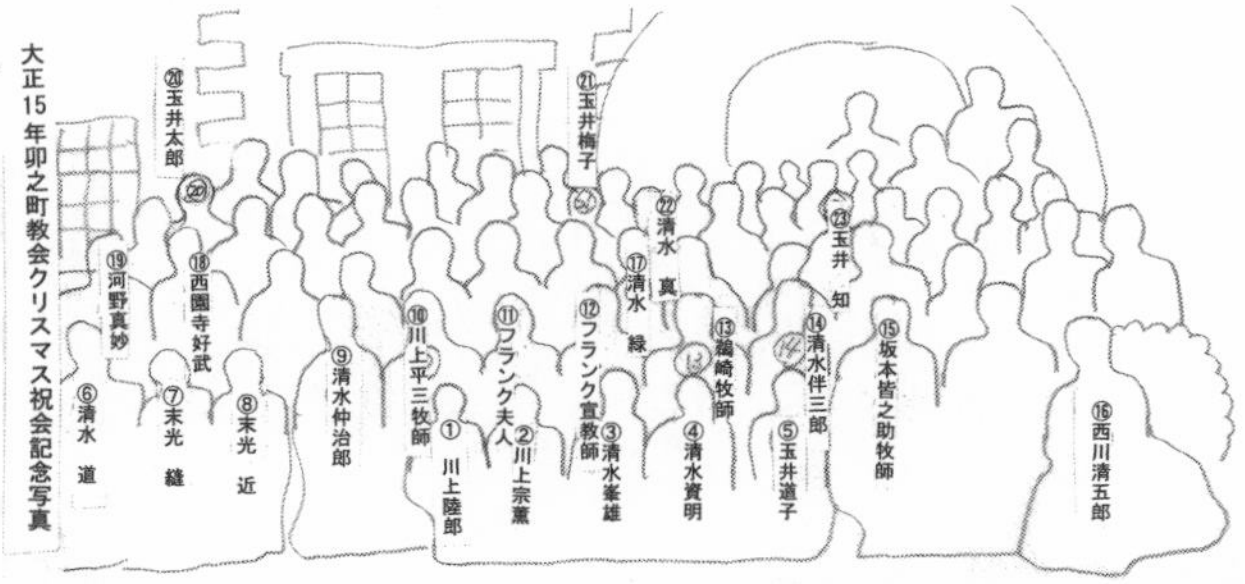

①川上陸郎（川上平三牧師の次男）
②川上宗薫（　　〃　　長男）
③清水峯雄（清水伴三郎の三男、卯之町清水家）
④清水資明（道の孫、日土清水家）
⑤玉井道子（玉井知の三女）
⑥清水　道（清水仲治郎夫人）
⑦末光　縫
⑧末光　近（末光三郎夫人）
⑨清水仲治郎（日土清水家、道の夫）
⑩川上平三（卯之町教会初代牧師）
⑪フランク夫人（フランク宣教師夫人）
⑫フランク宣教師
⑬鵜崎牧師（メソジスト派の牧師
当時豊予メソジスト教区の監督牧師であった）
⑭清水伴三郎（卯之町清水家当主 清水真は夫人）
⑮坂本皆之助牧師（当時のメソジスト派の牧師）
⑯西川清五郎（卯之町会員）
⑰清水　緑（伴三郎、真夫婦の長女）
⑱西園寺好武（日土教会教会員）
⑲河野真砂（日土教会教会員）
⑳玉井太郎（末光家次女・知の夫、当時教会前の
末光邸に住んでいた。道子は娘）
㉑玉井梅子
㉒清水　真（末光近の三女、清水伴三郎に嫁ぐ）
㉓玉井　知（玉井太郎夫人、末光の四女）

かで、背広にネクタイ姿で前方をにらんでいる。また教会堂完成記念クリスマス会の写真があり、ここには績はいないが、信者とその家族、川上牧師、そして牧師の足もとにまだ幼い男の子が写っていた。三歳くらいなのだろうか、説明書きには「牧師長男・宗薫」と記されていた。

帰宅して食堂へ顔を出すと、真理子が茶を淹れながら展覧会のことを訊いてきた。それで西奈はハプニングでのやりとりを話題にした。四月に入れば早々に写真が届く。どんなサインなのか、楽しみだった。

元教師の言い分はもっともだ、と愉快がりながら、

「でもわたし、ちゃんと、確かめておけばよかった」

と、真理子は昔のことを悔やんでみせた。

彼女の問いかけに、園長でもある牧師が「板の裏にある」と教えてくれたのだから、信じるのは当然であった。しかし教えてくださった牧師自身、署名を実際にご覧になったのだろうか、と真理子は今になって疑念を抱いている。館長が元教師に「昔からの伝聞」と説明したように、牧師にしても伝え聞いていることを真理子に応えたのかも知れない、というのである。

「まあ、いいじゃないか。写真が届けば判る。きっとアルファベットのフルネームのイニシャルか、N.INAZOだろうな」

西奈は屈託なく言うと、食堂の壁を飾るタペストリーへ目を向けた。パッチワークで一年余りかけて仕上げたもので、春らしい彩りなので見ているだけで暖かい。真理子が急須の茶葉を入れ替えた。タペストリーから目を離し、湯呑につがれた新しい茶を一口飲むと、西奈は教会と図書館に寄ったことにもふれ、牧師在任表を見せた。

熱心に見つめていた真理子が言った。

「初代の川上牧師って、どんな人でしょうね」

「写真ではとても控えめな印象だな。口うるさい一族に囲まれ、首根っこを掴《つか》まれていたんだろう」

「摑まえるって、それ、例えば末光績のこと？」

「川上牧師にしてみると、績氏に格の違いを感じただろうなあ。怖い人だったと思う。写真を見ると、績氏には求道者のオーラがある」

展覧会に飾られていた肖像写真はまなざしが厳しく、頬には深い翳《かげ》りがあって、来場者の足を止めていた。

「鳴り物入りで設立された教会だもの、新米の牧師先生は大変だったでしょう」

と真理子が同情した。町民がいくらキリスト教に理解があるといっても、四国の山奥の田舎である。さえない表情も無理はないという。それで西奈は、クリスマス会では牧師はにこやかな表情だった、と補足した。ひざ元には白いエプロンをした二人の息子が座っていた。

「長男の名前まで、ちゃんと宗薫と書いてあった」

「そうくん？　どんな字？」

卓上に指で漢字を書いた。

「川上宗薫……、聞いたことのある名前」

口のなかで復誦し、真理子は西奈の顔をまじまじと見た。

「ひょっとして、あの川上宗薫、いや、でもまさか」

と特定しながらも、すぐに否定した。昭和四十年代、川上宗薫は官能小説で一時代を築き、西奈の年頃なら知らない者のいない流行作家だった。とはいえ山のような作品は卑猥なものばかりなので、人前で読んだり、話したりすることはなかった。

「作家の宗薫は九州の出身だったはずだ」

「そうね、牧師の子というのは何か変よね。でもあなた、決めつけないでちょっと調べてみたら」

と真理子がすすめた。

夕食後、パソコンを開き西奈は案外な事実に胸をつかれた。

すぐに食堂へもどり、パッチワークの端切れを並べていた真理子に、川上宗薫が平三の長男であることを知らせた。ウィキペディアで検索すると冒頭に、〈日本基督教団メソジスト派の牧師川上平三の子として愛媛県東宇和郡宇和町卯之町《うの》（現在の西予市）に生まれる〉とある。

真理子は落ち着いた口調で、やっぱりそうですか、と応じ顔を上げた。

「この際、扁額のこと、ちゃんとしないと」

「何だい、いきなり、それ?」

怪訝《けげん》な表情を向けると、真理子は説明した。

昔、博士の署名が裏にあると教わったときから、「何か変だなあ」と思ってはいた。松山事件のときに宇和に一泊し、揮ごうしたというなら、なおさらのこと表に署名する筈である。博士の扁額ではないのに、署名がないことを逆手にとって、博士の扁額だ、とだれかが言い出したのかも知れない、というのである。

西奈もここ最近、同じことを考えないでもなかったが、口にするのはためらっていた。言葉で表現すると現実味を帯びてしまう。

言い出したのはだれか、真理子は内緒ごとを明かすように言った。

「一番は牧師先生、次が信者さん、そして町の人たち」

「なるほど、しかしそうなるとあの英文、だれが書いたんだろ?」

西奈は腕を組み思案する顔になった。が、見当はついていた。

真理子も同じだった。

「教会設立のお祝いで、ある方が川上牧師へ板に書いた言葉を贈った。これが一番すっきりしていて自然。そうでしょ」

「Tranquility of Ocean Depth、英文で表現できる人は一人だ」

「そうよ、末光績、かれしかいない」

真理子は山頂に立っているような顔になった。

「でもな、なぜ績氏はサインをしなかったんだろ？」

「揮ごうのつもりではなかったのよ。英文は研究していたワーズワースの詩の一節なのかもね。績の好きな詩の言葉、それを英語が解る川上牧師に託した」

「ワーズワースか、また随分な飛躍だ」

話が現実からそれそうになり、西奈はけん制した。

ワーズワースの詩集を一冊愛蔵している真理子はなお続けた。

「深海の如き静けさは直訳だけど、そこから深い意味を想像すべきなのよ。績は文学者だもの、言葉の奥を読み込まないと」

「まあ想像はともかく、今はまだ稲造博士のほうが有力だよ。写真が届いたらはっきりするけど」

と、西奈は話に区切りをつけた。

真理子はタペストリーへまなざしをむけて、あの英文にはもっと別な意味があってよい、となおこだわるのだった。

仮に教会設立当初から扁額があった、とするなら川上牧師は重要人物である。西奈は自分なりに調べてみることにした。

日本基督教団東京本部に問い合わせてみた。

卯之町教会を離れた川上平三は、大分県竹田市の竹田教会に九年間在任し、昭和十一年に長崎市の飽《あく》の浦教会へ転任した。その長崎で川上は被爆し、信仰をすて牧師を辞めた。したがって戦後のことは判らないという回答であった。

意外な事実に胸をつかれ、西奈は川上宗薫をキーワードにいろいろと探ってみた。すると、宗薫の実弟の伴侶だった川上郁子が、義父平三をめぐる川上家の物語を『牧師の涙』のタイトルで出版していることがわかった。さっそくアマゾンで取り寄せて読んだ。原爆で家族を奪われ、悲嘆の極みで聖書を焼き、神を否定して生きた元牧師の孤独な境涯が、長男宗薫の世俗的成功と対比され、生死を深く見つめる家族史になっていた。

川上牧師が務めた飽の浦教会は、三菱重工業長崎造船所やその周辺の工場で働く人たちを対象にした小さな教会である。アメリカとの戦争が始まり本土も空襲にさらされると、川上は造船所のある飽の浦は空襲の危険があるため、一里ばかり内陸へ入った松山町に家を借りて引っ越した。宗薫とその下の弟は入隊し、長女は軍需工場に動員されていたので、日中はふだん、家に妻とまだ小学校に上がる前の幼女二人がいた。

松山町の上空で原爆がさく裂した時、川上は音楽教師を兼務していた鎮西学院の庭で閃光を浴び被爆したが命に別条はなかった。翌日、廃墟となった松山町へ妻子を探しに出かけ、自宅があった焼け跡から、「まるで火葬場の鉄板の上で、高熱で焼かれたかのように肉は一片も残さず、すっかり白骨化していた」三人を見つける。白骨になっても、妻は右手と左手に二人の子どもの手の骨をしっかり握りしめていた。この現実に直面して、川上は神の存在もその愛も信じられなくなり、信仰を捨て去ったのである。

それから十数年後、被爆しなかった長男の宗薫は当代きっての流行作家になっていた。平三はそれが生きがいで鼻が高かった。ある夏の日、世田谷にある宗薫の大邸宅を一族で訪ねた。ところが自慢の息子は喜ぶそぶりさえなく、スイカがひと切れ出ただけであった。以後、平三は長男のことを一切口にすることはなく、昭和五十年に上顎癌で死んだ。父親の病気見舞いも葬儀も墓参りもすることなく、十年後の昭和六十年に宗薫も癌に侵されこの世を去った。

『牧師の涙』のなかで、川上牧師はイギリスの詩人の詩を愛誦していたという記述に西奈は注目した。かれは英文で平和を訴える詩をつくり、曲もつけて歌っている。川上平三も末光績もイギリスのロマン派の詩人に魅かれていた。卯之町教会へやって来た平三は牧師としては未熟であったが、績が英文の言葉を託せる素養とやわらかな感性は持ち合わせていたのであろう。扁額を受け取った平三がその後の人生で信仰を捨てたことは、英文の最初のTranquility（静けさ）とは何なのか、あらためて問いかけているように思われるのだった。

数日後、吉岡から電話があった。

菅菊太郎のことで、大三島の生家に調査に来たが、廃屋《はいおく》同然でだれも住んでいない。管理を任されている隣人に立ち会ってもらい、室内を見て回った。書斎も空っぽだった。仏間の欄干に菊太郎夫妻の写真があったので、それはカメラで撮った。夫人はなかなかの美人である。それと、窓からながめる春の瀬戸内海の景色が美しいのでこれも撮った。何の収穫もない取材になった。八幡浜へ帰る途中だが先日の喫茶店で一休みするので、会えないかという。西奈は了解した。

向かい合うと、吉岡はすぐに眉をしかめた。

「皇居外苑の広場で立ちすくんでいますワ」

「宮殿は見えるのに、お濠《ほり》がこえられないってことですか」

「ほんとに何もなかったです。松山事件は軍部が国を動かす時代でしたから、新渡戸博士の擁護は神の声がないとできないはず」

吉岡は悔しそうに断言した。かれは昭和天皇の極秘の「勅命」があったことを信じていた。軍閥批判で窮地に立たされた稲造博士が、日本の立場への理解を求めるためアメリカへ渡ったのは、昭和天皇の意向を政府が忖度したからだ、というのが新渡戸稲造研究者の大方の見解である。稲造博士はアメリカから帰朝後、皇居に参内して帰国報告をし、日本の将来について天皇に心情を上聞している。天皇は国際社会から高く評価されていた稲造博士の人物と見識を頼りにしていた。したがって宮中内部から新渡戸擁護の動きがあったと吉岡が信じるのは、身びいきを差し引いてもまっとうな考えである。

清吾の備忘録の欠落部分につながる手がかりがないかと、大三島へ出かけたが空振りに終わった。菊太郎は妻と生家近くの墓地に眠っていた。隣人に案内を請い、墓参りをしてきた、と吉岡はサバサバした表情になった。そして生家を訪ねたのは思い付きではなく、清吾が書き残した備忘録で、松山事件後の菊太郎の消息を知ったからだと、概《おおむ》ねつぎのように説明した。

事件があった年の昭和七年十二月、菊太郎は愛媛県の南端の南宇和農業学校の校長へ昇任した。昇任といっても、学校のある御荘町（現在の愛南町）は一等級のへき地であったから、県としては厄介払いしたのだろう、と清吾は書いている。菊太郎は中央と孤絶したこの地に六年間勤務した後、松山にもどった。そして昭和十七年四月から県立図書館長を勤め、終戦を迎える。松山にやってきた進駐軍が司令部として県立図書館を接収したため、図書館は縮小されて道後の公民館へ移った。英語が堪能だった菊太郎は師団長と度々会見して、図書教育の必要を訴えた。文部大臣へ図書館再開を請願する文書も提出している。ひるむことなく司令部と交渉をつづけた結果、昭和二十一年に旧図書館の三階部分に限定して再開が認められた。菊太郎は引き続き全館の返還を求めて活動していたが、一年後に脳溢血で倒れ、大三島の生家で療養中に他界した。

「残されたものは、遺族が処分したんでしょう」

「ひ孫の時代ですからね、墓参りができたからそれだけでもよかったですワ」

吉岡は目じりを下げ、照れくさそうに合理化した。

「他の二人、国松斗升と森恒太郎のことは調べましたか」

「国松は退職後に静岡へ帰っとるから論外、唯一の頼みは森恒太郎ですよ」

「盲天外《もうてんがい》ですか、なるほど」

盲天外は正岡子規に師事した森の俳号である。失明し全盲となってからの森はますます徳望を慕われ、盲人ながら村長として模範的な村をつくり、盲人村長として全国に知られるようになった。松山事件のときは県会議員だったが、みんなの先頭に立って稲造博士のお世話をしている。死去したのは松山事件から二年後の昭和九年四月である。近しい縁者が道後にいるので訪ねてみる、と吉岡はなお意欲的だった。

一緒に喫茶店を出て見送る際に、西奈は卯之町教会の設立に関して清吾は何か書き残していないか、と声をかけた。

「設立はいつですか」

「大正十五年三月」

「大正、そうか、大正か」

吉岡は足を止め、思い当たることでもあるのか、遠い山の上に昇りはじめた月をしばらくながめていた。

四月初旬、偉人記念館から五枚の写真が届いた。

扁額の表、裏板の右隅と左隅、それに中央部分と全体を写していたが、署名はどこにもなかった。調査の結果を通知する文書の末尾に、〈謹んでお詫び申し上げます〉とあった。謝ることではない、と西奈は違和感を口にした。

スポーツジムから帰ると、真理子が食堂で旅程表を広げていた。

出発はちょうどひと月先である。テーブルには新緑の映える十和田湖や奥入瀬渓流、それに八甲田山系のグラビア雑誌もある。飛行機で羽田へ飛び、東京からは新幹線で七戸十和田まで行きタクシーで十和田市内へ向かう。早朝に松山を出ると夕方には十和田に着く。新幹線は妻の希望通りグランクラスに乗ることにした。十和田のホテルは、西奈が学生時代に泊まったことのある昔の馬喰宿《ばくろう》である。このほうは西奈の注文だった。宿は今、近代的なホテルに改築されている。

シャツを洗濯籠へ入れると、西奈は食堂の席に腰をおろした。

「日があるうちに着くから、八甲田にしずむ夕日を見てみたい」

旅程表から目を上げて、真理子は車窓をながめるまなざしになった。

西奈はホテルのパンフレットをめくった。歴史を紹介した頁に馬の産地として栄えた三本木原の風景が載せてある。十和田市となったこの広大な台地は稲造博士の祖父の新渡戸伝《つとう》と、父の十次郎の親子二代にわたる開拓地でもある。西奈の泊まった馬喰宿は伝を祀る太素塚《たいそづか》の森のすぐ近くだった。国際連盟事務次長を辞任した稲造博士が帰国後の昭和二年十月、太素塚を訪ねた写真もパンフレットに載せてあった。太素塚の側には新渡戸文庫があり、見学した後、西奈は森の中をぐるぐると歩き回った思い出がある。

「ずいぶんな資料、修学旅行並みだね」

ガイドブックへ手を伸ばし、西奈は少し冷やかすようにいった。

「しっかり勉強して、もとをとらないとね」

「何も知らんで行くのも楽しみだけどな」

「女はそんなわけにはいきませんよ」

真理子はスーパーへ買い物に行くような調子である。

ガイドブックを閉じて、西奈は郵便が届いてないかきいた。吉岡さんからの茶封筒、書斎の机に置きましたと真理子は事務的に応えた。

西奈は書斎に入り、茶封筒を手にした。なかには文章をプリントした用紙が二枚あった。その一枚に、吉岡はつぎのように書いていた。

森盲天外の子孫から協力が得られ、毛筆で巻紙にしたためた書簡のコピーを入手することができた。パソコンに入力したので印刷したものをお送りする。書簡の日付は昭和七年二月二九日である。稲造博士が盲天外へ書簡をだしていたことはほとんど知られていない。自分も初めて知った。この書簡において、博士は「陸海両大臣は篤と小生の意を諒解せる由」とあることに大いに注目したい。二七日の夕刻、海軍次官の左近司政三と陸軍省軍事課長の永田鉄山が小石川の新渡戸邸を訪問し、軍との間で博士の真意が了とされたことは貴殿もご承知の通りであり、新渡戸研究者もこのように理解している。ところがこの書簡では「陸海両大臣が諒解」と記されているから、新渡戸擁護が政府の意向であったことに疑念の余地はないのである。またこの二七日の朝には大阪毎日新聞愛媛版が発行されている。祖父清吾が盲天外に取材したのは、二四日の午後三時と愛媛版の記事にあるから、二四日よりもさらに数日前、宮中から政府と軍、そして毎日新聞社へ働きかけがあったのであろう。貴殿はこの書簡を精読され、お気づきのことがあればぜひお聞かせ願いたい。

熱のこもった吉岡の手紙に添えられた、稲造博士の書簡はつぎのとおりである。

拝啓　陳者先般御地へ出張致候節は久々にて御目にかかり誠に愉快を覚え候　御不自由なる御身を以て公事に御努力あらせらるゝ御様子を拝し感慨無量に有之候　扨て御地旅館に於いて新聞記者に談話せる事柄より世ー（寧ろ憲兵方面）の曲解を引起し貴兄にまでもご迷惑をかけ候由誠に御気の毒に存じ候　右事件に関して貴兄よりも縷々釈明被下足る由は大毎紙上により承知致候　幸ひ此地の当局者殊に陸海両大臣は篤と小生の意を諒解せる由目下の一大用務は外国の誤解を解く事に有之候へ共これこそ小生の日頃努力せる事とて今後一層其の任に奮発致度存候

右御礼まで　　　　　　　　　　　　　　　早々

猶ほ菅氏より御聞とり願上候

二月二十九日　　　　　　　　　　　新渡戸稲造

森大兄

吉岡と異なり、この書簡で西奈が注目したのは、追伸の一行だった。

清吾の備忘録では、菅は二月六日に宇和町へ出向いて稲造博士と旅館で合流し、博士を取り巻く情勢の緊迫を説明している。菅は博士が松山を発つまで身辺に寄り添い、さらに博士が帰京後も、海南新聞の報道内容と県内の在郷軍人会の動向を博士に報せていたであろう。博士が帰京した翌日、民政党総務の井上準之助が暗殺された。博士の邸の門前にはポリスボックスが置かれ、外出時には護衛がつくようになった。仮に吉岡が考えているように、宮中からの働きかけがあったとするなら、博士は何らかのことを菅に伝えていたであろう。追伸は、「外国の誤解を解く事」も含めて宮中からの働きかけを仄めかしている。西奈はこのように理解した。

探していた傍証はそろったようだった。備忘録の削除された頁には、このあたりのことが具体的に記されていたが、清吾は機密の露見を危惧して破り捨てたのであろう。

西奈は携帯電話を取り出し、こんな考えを吉岡に伝えた。

「清吾の仕事は昭和史に残りますワ」

携帯の向こうで、吉岡は息をはずませた。

「愛媛版は稲造研究には欠かせない史料ですよ」

西奈は素直に清吾の仕事を褒めた。

「博物館で展示されても良いぐらいです」

と吉岡はしごく真面目に応え、備忘録の削除された部分はまだ探すつもりだと言った。つい最近、清吾が遺した資料の一部が近隣の図書館の書庫に保管されていることがわかり返却してもらった。雑多なものばかりだが、大半は大正時代だという。

西奈は携帯をもちかえ、声を強めた。

「教会設立のことで何かあれば、ぜひ報せてください」

「大正十五年の卯之町教会でしたね」

「初代牧師は川上平三と言います」

西奈は手短に川上牧師のこと話した。

「牧師を辞めなさったですか」

吉岡がふっと息をつくのが聞こえた。

翌週の半ばである。

西奈は愛南町へ出かけた。「菅氏より御聞とり願上候」という博士の追伸が西奈の背中を押していた。菊太郎のことを調べれば新しい事実に出合いそうだった。松山事件後、菊太郎が六年余り過ごした僻遠の地を訪ねることにした。菊太郎が校長を務めた農業学校は今日、南宇和高校と名称が変わり町の名も御荘町から愛南町になっている。

高知へとつづく町中の遍路道を少し走り、高台に目指す学校を見つけた。昔も今も町と近隣農漁村の最高学府である。玄関脇のワシントンヤシが二本、隆々と聳え立ち海風に葉をなびかせていた。

学校側の対応はていねいだった。校長から紹介されて、菊太郎の愛弟子だった人の孫に話を聞くことになった。湾内の小さな岬の海辺に家があるというので、地元出身の教頭が道案内で同乗してくれた。教頭は菊太郎のことに詳しかった。

「すごい先生がおいでる、と町をあげて、もてなしたそうですよ」

「松山事件のことは、みなさん知っていましたか」

「狭いとこだし、ふだん話題もないですから、そりゃいろんな噂がとびかいました」

「噂、というと？」

「まあその最たるものは、新渡戸博士の三人のお弟子さんが毎日新聞社へ呼ばれ、海南新聞は間違っていると証言したが、それは実は天皇様の御下命だった、という話です」

「ははは、それは大袈裟だ」

西奈が苦笑すると、教頭も声を立てて笑った。

「それでも考えてみてくださいや。新渡戸博士は連盟事務次長、京都と東京の帝大の教授、農学博士と法学博士、それに貴族院議員さんですから、こんな田舎ではもう雲の上の人ですよ。そんな噂が立つのも当然なんです。菅先生は博士の一番の教え子ですけん、町中で大いに期待したわけです」

教頭がいうには、菊太郎は学校でも町でも期待以上の仕事をした。農漁村の歴史や風俗習慣を調査研究する史談会を組織し、休日は会員と一緒に地域をくまなく回った。町や村で菊太郎が足跡を残さなかったところはなく、どこへ行ってもだれを訪ねても、慕われ頼りにされた。菊太郎は住民に優しく自らには厳しかった。毎朝四時に起床して五時まで書道、それから英語の原書の翻訳、六時からは学校で剣道の朝稽古をしてから勤務、帰宅後は夜の十時まで、郷土史の研究をして就寝。この日課を出張以外にやぶったことはなかった。菅校長は住民と同窓会の賛同を得て、創立三十周年を記念し旧札幌農学校演武場（札幌市時計台）の正面を模倣した郷土博物館を学校内に建設した。この建物は改築され今日も使用されている。

愛弟子の孫の家は、入江に面した丘の上にあった。

孫は西奈と同じ年頃で、養殖真珠の仲買人をしていた。

土間におかれた応接セットに落ち着くと、孫は祖父の話をした。

大正十年生まれの祖父は、菅校長に剣道を習い三年間、冬の寒げいこを一日も欠かさなかった。菅の信頼があつく剣道部の主将になった。卒業すると史談会の会員となり町役場に勤務した。菅は晩年、松山の県立図書館長をしていたが、郷土史研究会がある日は菅から声がかかった。それで祖父は泊りがけで年に数回、松山へ出かけていた。この会の記録を祖父は丹念にとっていた。このなかに菅が松山事件にふれた箇所があった。祖父と二人だけの密談のおりに、祖父は「上からの働きかけ」の有無を訊ねている。

孫は古びたノートを開いた。

「ここんとこ、ぎっしり書いとります」

ぐっと伸びた指が、昭和十七年十月の記述で止まった。

菅が他言はならぬと断わって語ったことが記されていた。内容は擁護記事のことである。事柄を鮮明にするため、少し脚色して要約すると、菅はつぎのように語っていた。

博士の軍閥批判発言があった、ちょうど十年前の昭和七年二月二十日、松山市で「新渡戸暴言批判在郷軍人集会」が開かれ、このような者は国外へ追放せよという声が大勢となった。決議された「宣言」は、博士が発言の反省と訂正をしなければ、「自決を期せんとす」と、心胆を寒からしめるものであった。

菊太郎は深刻な事態に膝のふるえが止まらなくなった。

夜更けに清吾の自宅を密かに訪ね、話し合った。

「わしらじゃいけん、森（盲天外）さんの知恵がいらい」

と二人の考えは一致した。翌日、学校へ出勤すると、菊太郎は校長室で憔悴しきった国松と話し、盲天外のところへ相談に行くことで了解を取り付けた。菊太郎はさっそく道後の天心園へ出かけた。天心園というのは、盲天外が青少年育成を目的に設立した精神修養の施設である。

行くと、この日のあることを予知していたのか、盲天外は毎日新聞愛媛版に清吾が、「海南新聞の報道は全くの誤り」だとする、真相発表の記事を書くのが最善だと提案した。

「盲人である私の超人的な記憶力は万人周知のことであるから、時局談で博士が話されたことを一字一句もらさず吉岡記者にお伝えする。記者はその内容が正しいことを、菅先生と国松校長へ確認して回る。このようにしたらどうでしょうか」

と盲天外は具体的な手順まで示した。

盲人の村長として全国的にも名声が聞こえる盲天外の証言であれば、だれもが信じることは明らかだった。

身分的には通信員であった清吾が、大阪本社とどのようなやりとりをしたのか、菊太郎は語っていないが、盲天外のシナリオ通りに清吾は動いた。二四日午後三時に天心園で盲天外に取材した。盲天外は海南新聞の報道内容をすべて否定し、博士が記者たちに語った、満州事変と国際連盟の役割を中心にした時局談を詳細に再現してみせた。清吾はその後、松山農業学校へ菅教諭を訪問し、盲天外からの聞き取りに誤りはないかただした。翌日午前十一時に、清吾は愛媛県庁で国松校長と面談して、「森さんの話につきる」という証言を得た。愛媛版の一面全部を使って三人の談話が発表されたのは、三日後の二十八日である。

「軍や政府は出てきませんね」

と、西奈は孫に念を押した。菊太郎がこの時になってなぜ内幕を話したのか、その理由はわかりかねた。巷間に噂されていた「上からの働き」を打ち消す必要があったのだろうか。

「三人がスクラム組んで、博士を護《まも》ってますなあ」

横から教頭が感心した。

「記事にした記者もたいしたものです」

西奈は清吾にジャーナリストの反骨心を感じた。

帰途、八幡浜へ寄り道して吉岡へ今日のことを報告したくなった。宇和島の道の駅で一休みし、携帯へ電話をいれた。用件を伝えると、鳴山までの道は分かりにくいというので、八幡浜市内のホテルで待ち合わせることになった。吉岡も面白いものが見つかったので、差し上げたいという。

日が落ち、暗くなって指定されたホテルに着いた。

ロビーの奥の食堂で夕食をとりながら話した。

愛南町で思いがけず手に入れた情報を西奈は伝えた。

「盲天外がシナリオを書いてますね」

「それを清吾が紙面にした」

「まあ、そういうことです」

「勝手に紙面はつくれんから、当然本社がかかわっている」

「そのあたりに上からの意向がある」

と西奈は吉岡の肩をもったが、それ以上のことは控えた。

卯之町教会設立記念クリスマス会のちらしを吉岡は持参していた。

三色のカラー刷りである。町内や関係者へにぎにぎしく配ったのだろう。参加を募る言葉の末尾に川上平三牧師の名前があった。西奈は恋文でも読むような表情でしげしげと見つめた。

「裏も見てくださいや」

吉岡に促されて、ちらしを裏返すとメモ書きがあった。

〈川上牧師に案内され、事務室で話を聞いた。音楽教師の免許も持っているとか。机に楽譜が山積み。ふと気づくと、壁に英文の扁額が書けてあった。Tranquility of Ocean Depth, 味わい深い言葉だ。末光家から寄贈されたものだという。なるほど、納得〉

「思った通りでした」

西奈は目の前がすっと開けるのを覚えた。

帰宅は夜遅くなった。

食堂で真理子がガイドブックを読んでいた。

「十和田湖のホテルだけど、ここにしよう」

湖畔ではなく、ブナの森のなかに建つ老舗旅館である。歌人の大町桂月《けいげつ》がここで冬ごもりをし、晩年には戸籍までうつし、近くに自分の墓を建てた。その墓の前の石碑には、辞世の歌が刻まれている。


極楽へこゆる峠のひとやすみ　蔦《つた》のいで湯に身をばきよめて

ガイドブックから目を上げて、

「宿も、歌もいいいな」

と真理子はこの旅館に決めた気でいる。出発は十日後だった。

「そのセットだと、まるで終活の旅じゃないか」

「古希をこえた旅ですもの、多少の覚悟をしなきゃ」

と真理子は大仰な理由を返してきた。

「じゃあ、旅を機会に身辺整理か」

「ええもちろん、すこしずつ片づけていますよ」

彼女は納戸にしまわれたままの衣類などを手始めに、不用になったものをまとめているところだという。

そのことにつられて、西奈は愛南町と八幡浜へ出かけた成果を話した。

稲造博士擁護の舞台裏も扁額の作者も確証を得ることはできなかったものの、西奈の推察を満足させるものだった。擁護の主役は菊太郎と盲天外であり、扁額は績なしには存在しない。しかしなぜ稲造博士の扁額になったのか、この点だけがわからない。西奈が縷々話すと、真理子はテーブルの上を片付けながら聞いていた。そして話が終ると、彼女は予約をする宿の部屋の同意を求め、最後に付け足した。

「それだけわかったのなら、もう十分でしょ」

「でもな、そもそもの関心はなぜ博士なのか、ということだった」

「稲造博士でいいじゃない、教会も町もそのほうがいいし、扁額の価値も高い。何の問題もないじゃない。今更違いますなんてことになれば、それこそみんなが困ってしまう。博士の扁額でいいのよ」

真理子にこだわりはなく、現実をあっさり受け入れている。

「それ、気持ち悪くないか」

「どうして」

「真実をうやむやにするのは、性に合わんな」

「川上牧師だったら、神も真実も人間の都合っていうわよ」

「ふん、川上牧師はともかく、君はどうなんだ?」

ひと呼吸あって、真理子はすました顔で言った。

「一切皆空は寂しいから、この世は幻かな」

「なんだか年寄りくさいなあ」

「あら、もう若くはないの、私たち。一緒に年をとってきたの」

「一緒って、幻と、ですかね」

「いやだ、現実のあなたとですよ」

真理子は両腕をぐっと伸ばし、夫の手をつかんだ。

旅の初日、十和田のホテルでのことである。

旅装を解き夕食の席につくと、真理子が手帳サイズの薄い冊子を西奈の前に置いた。古いものらしく紙が黄ばんでいる。

「これ、片づけをしていたら、出てきた」

風呂上りの素肌がほんのり色づいている。

「食事をいただく前に、ちょっと目を通して」

と言うと、真理子は神妙に姿勢を正した。

西奈は冊子を手にした。「ともしび」のタイトルの下に、真武義男と名前がある。卯之町教会に昭和八年四月から五年間在任した第四代の牧師の随筆集だった。奥付には昭和三二年九月初版とある。戦前から戦後にかけての四十五年間、全国各地の教会で伝道に務めた真武牧師が思い出を綴った回想録でもある。真理子は附属幼稚園に就職した際、当時の園長から頂いたようだが、すっかり忘れたままだった。

付箋が張られた頁を開け、西奈はすぐに冊子を手元に引き寄せた。

Tranquillity of Ocean Depth（海底の如き静けさ）と英文で書かれた扁額が礼拝堂にある。この扁額はもとはといえば事務室にあった。昭和七年二月に教会を訪れた新渡戸稲造博士が、信者や町の皆さんも気軽に見られるようにされてはどうか、と話されたのがきっかけで礼拝堂に掲げられることになった。

どうしようか迷ったが、「幻談議」で気負ったことをいった手前、すぐに言い出しにくく、こんなところまで持ってきてしまった。ご免なさいと真理子は頭を下げ、西奈はなんどもうなずいていた。

肩の荷もおり、夕食は美味かった。

明日は十和田湖である。バスの時刻を決めるため、ふたりはフロントへ立ち寄った。女将が、「幻の穴堰」が観光地として整備され、話題になっている。ホテルの前から無料バスが出ている。それでいったん穴堰に立ち寄り、そこから十和田湖へ行くコースができている。せっかくだから穴堰の中を見学されたらよい、とすすめてくれた。

西奈は不思議な気分にかられてたずねた。

「幻というのは、一体どういうことですか」

「そのことなら、ここに書いていますから」

女将は手慣れた様子で、案内用の小冊子をふたりに渡してくれた。

西奈は部屋で読んでみた。

幕末、三本木原の開拓事業は十和田湖の水を引くことから始まる。安政六年に稲生川が完成したが、漏水が多く三本木原一面を潤すにはほど遠かった。そこで稲造の父・十次郎は第二の稲生川の造成に着手する。三本木原の麓の山に長さ一里の新たな穴堰（用水トンネル）を造り、奥入瀬川の上流の水を三本木原へ導き、さらに太平洋へまで流す壮大なプロジェクトであった。土方衆がつるはしや鉄槌《てっつい》で掘り進めた穴堰は、大人が横に三人並んで通れるほど大きかった。ところが、四分の一ほど掘り進んだところで十次郎が急死したため工事は中断され、穴堰は未完のまま山中に残されてしまった。ここ最近のこと、郷土史家がこの穴堰を発見し、十和田開発の文化遺産として整備が始まっている。

なるほど、幻か、と西奈はつぶやいてみせた。

夜明け前、扁額の英文が青龍になり、穴堰を昇っていく夢を見た。

あとがき

古来私たち日本人は、山川草木それ自体を神とする自然信仰と共に暮らしてきた歴史をもっている。自然そのものに神性や仏性を認め、やがて人はそこへ還っていくものだと思い信じていた。「鞍出山の桜」で史料として掲載した新渡戸十次郎の「願文」（八十七頁）は、このことをよく示している。さわりを読み下すと、「霊神われをして代わらしめ、これ（新田）を開かしむなり。（中略）霊神に代わりてこれを開くときは、神慮これを歓喜せざるや。霊神これを歓喜するときは、神罰に代えてわれに神徳を授けて、いよいよ開発を成就せしむべし」。新田開発を進めるに際し、神社に赦しとご加護を願ったもので、日本人の心のよりどころであった自然信仰がよく表現されている。

日本人特有の自然信仰は、新渡戸稲造が『BUSHIDO』で説いた「日本人の魂」の根源にもなっている。この視座から『BUSHIDO』と、いわゆる新渡戸精神を読み直すことがあってもよいと思う。

ずい分昔のことになってしまったが、昭和六十年の初夏、勤務先の学校の文化講演会で、吉増剛造氏が登壇され、詩集「熱風」を朗読されたときの感動と興奮は今も忘れられないでいる。私はこの時、ひどく感傷的な気分になり、高度産業社会に生きる今日の日本人の不安と哀しみを感じた。近代化と都市化の中で私たちは人間が造った制度や思想、科学技術、さらには特定の人物までも時として神格化し、本来の神を喪失してしまったのではないか、という漠然とした気づきが胸に迫った。

小説「札幌遠友夜学校」では、新渡戸精神を宿した老女を登場させ、詩集「熱風」で感じ取った問題意識を自然信仰と結び付けようと試みた。書けているかどうか、私にはわからない。もう一つの作品「新渡戸博士の扁額」執筆の動機は、博士の軍部批判が軍部だけではなく近代日本が造った政治や精神文化の歪みへ向けられたものだ、と私が受けとめたことにある。とりわけ博士に私淑していた末光積には、軍部ファシズムへと傾斜し始めた日本への怒りと絶望、そして平和への願いがあった。このようなことから、私は宇和町の教会に残された、「新渡戸博士の扁額」の謎解きに取り組んだ。

本書の執筆に際して、札幌、青森、十和田、盛岡、東京、そして愛媛県の西条、松山、宇和町、八幡浜、宇和島、愛南町へ出かけて、新渡戸稲造を敬愛している方々にお会いして話をお聞きした。札幌農学同窓会理事長松井博和、秋山記念生命科学振興財団理事長秋山孝二の両氏には取材の便宜を図って頂いた。北海道大学のキャンパスを案内して下さった北海道大学名誉教授三島徳三先生、新渡戸博士の旧跡などの調査にご協力頂いた札幌遠友夜学校を考える会運営委員の三上節子さんと遠藤大輔さん、さらに新渡戸十次郎五代目の新渡戸偉代氏には多くのご教示を忝くしました。皆様に心より感謝申し上げます。

最後になりましたが取材、執筆、出版に至るまで、新渡戸十次郎未完の「幻の穴堰」オーナーの中野英喜氏には格段のご助言とご支援を賜りましたことをここに記し、深甚より謝意を申し上げます。本書の刊行にあたっては、本の泉社代表取締役の新船海三郎氏に大変お世話になりました。心から御礼申し上げます。

令和二年九月

青山淳平

《主要参考文献》

札幌遠友夜学校

・吉増剛造『熱風』中央公論社、一九七九年
・札幌市『遠友夜学校』北海道新聞社、一九八一年
・札幌遠友夜学校創立百年記念事業会『思い出の遠友夜学校』北海道新聞社、二〇〇六年
・三島徳三『新渡戸稲造のまなざし』北海道大学出版会、二〇二〇年
・藤田正一『日本のオールターナティヴ』銀の鈴社、二〇一三年

鞍出山の桜

・川合勇次郎『太素新渡戸傳翁』新渡戸翁顕彰会、一九三六年
・堀内正己『開墾の父　新渡戸傳』文徳社、一九四八年
・太田俊穂『南部維新記』大和書房、一九七三年
・柴崎由紀『新渡戸稲造ものがたり』銀の鈴社、二〇一二年
・佐藤全弘『現代に生きる新渡戸稲造』教文館、一九八八年
・太田愛人『「武士道」を読む』平凡社新書、二〇〇六年
・加藤武子「ひとり歩きする新渡戸稲造の虚像」（「新渡戸稲造研究」第十二号所載　新渡戸稲造基金、二〇〇三年）

・三井偉代「未来に向けての新しい出発」（「歴史フォーラム創刊号」所載　文化出版、十和田歴史文化研究会、二〇一八年）
・岩本由輝「新渡戸稲造を育んだ人々～祖父、父、義父、長兄～」（同右）
・八重樫盟『稲生川上水工事の技術者集団を追って』文化出版、二〇一七年
・高松鉄嗣郎『戊辰の野辺地戦争記』北英堂書店、一九八九年
・小沢純二『青森里山案内鈴蘭山』デーリー東北新聞社、二〇一九年

新渡戸博士の扁額

・内川永一朗『晩年の稲造』岩手新報社、一九八三年
・川上郁子『牧師の涙』長崎文献社、二〇一〇年
・遊口親之『平和と自由を希求した人』愛媛新聞サービスセンター、二〇一四年
・三好正文「菅菊太郎発掘調査報告」南宇和高等学校研究紀要第一九号、一九八九年
・清水真一「亜予市宇和町卯之町出身の作家・川上宗薫」（「よど二十号」所載、西南四国歴史文化研究会、二〇一九年）
・曾我鍛『伊予人物語』曾我健発行、二〇一五年

青山淳平（あおやまじゅんぺい）

昭和 24（1949）年、山口県下関市生まれ。高卒後 3 年間、東京と名古屋で働き昭和 46（1971）年、松山商科大学（現松山大学）入学。昭和 52（1977）年、同大学院修了。平成 22（2010）年まで県立高校社会科教諭。平成 24（2012）年から 5 年間、愛媛銀行企画広報部参与として愛媛銀行百年史を執筆監修。これまで幅広い分野をテーマに小説、評伝などを上梓している。

《主な著書》

『人、それぞれの本懐』（社会思想社）、『海市のかなた～戦艦「陸奥」引揚げ』（中央公論新社）、『夢は大衆にあり～小説・坪内寿夫』（中央公論新社）、『海にかける虹～大田中将遺児アキコの歳月』（ＮＨＫ出版）、『海は語らない～ビハール号事件と戦犯裁判』（光人社）、『海運王・山下亀三郎』（光人社）、『明治の空～至誠の人・新田長次郎』（燃焼社）、『小説・修復腎移植』（本の泉社）

それぞれの新渡戸《にとべ》稲造《いなぞう》

二〇二〇年　一〇月一五日　初版第一刷発行

著　者　青山 淳平

発行者　新舩 海三郎

発行所　本の泉社

〒113-0033

東京都文京区本郷二-二五-六

Tel　〇三（五八〇〇）八四九四

FAX　〇三（五八〇〇）五三五三

http://www.honnoizumi.co.jp/

印刷／製本　中央精版印刷株式会社

ISBN978-4-7807-1980-2　C0093